KB018716

미래의 나와 나누는 솔직한 대화

미쁨 그리고 질문

권경애 길경자 김미옥 김민경 김민주 김수지 김이루 김정진
김정화 박은주 백미정 송지은 유명순 유선아 이성화 이은영
이정숙 전숙향 최덕분 최정선 한효원 황선희

대경북스

미래 그리고 질문

1판 1쇄 인쇄 2024년 5월 1일
1판 1쇄 발행 2024년 5월 3일

발행인 김영대
편집디자인 임나영
펴낸 곳 대경북스
등록번호 제 1-1003호
주소 서울시 강동구 천중로42길 45(길동 379-15) 2F
전화 (02)485-1988, 485-2586~87
팩스 (02)485-1488
홈페이지 http://www.dkbooks.co.kr
e-mail dkbooks@chol.com

ISBN 979-11-7168-040-5   03810

※ 이 책은 저작권법에 따라 보호받는 저작물이므로 무단전재와 무단복제를 금지하며,
　 이 책 내용의 전부 또는 일부를 이용하려면 반드시 저작권자와 대경북스의 서면 동의를 받아야 합니다.

※ 잘못된 책은 구입하신 서점에서 바꾸어 드립니다.

※ 책값은 뒤표지에 있습니다.

미래의 내가 되자!

노예가 노예로 사는 삶에 너무 익숙해지면 놀랍게도 자신의
다리를 묶고 있는 쇠사슬을 서로 자랑하기 시작한다.
어느 쪽의 쇠사슬이 빛나는가? 더 무거운가?

| 리로이 존스(미국 극작가) |

영화 〈여고괴담〉보다 더 무서운 말이다.
익숙함을 넘어 고여 있는 그래서 썩어 버리는 삶.
내가 썩어가고 있는지조차 모르는 상태.
내가 썩어가고 있는 것을 알면서도 방치하는 상태.

자연도 사계절의 변화를 따라 움직인다.

어김이 없다.

생명을 가진 모든 것은 변화하거나 성장한다.

이것이 법칙이다.

법칙을 어기는 삶을 살면?

망한다.

그렇다면,

나와 소중한 지인들이 변화하고 성장하는 자연의 법칙을 지켜갈

방법으로는 무엇이 있을까?

미래를 상상하기.

그리고 그것을

글로 쓰기.

미래의 나와 연결되는 수준이 현재의 삶과 행동 수준을
결정한다.
원하는 것에서 시작해 거꾸로 가라.

| 벤저민 하디. 퓨처 셀프 |

미래의 나에게 묻는 근본적인 질문.

미래의 나로 가는 여정.

미래의 나에게 인사하기.

현재의 나를 미래의 나로 만드는 방법.

미래의 나를 어떻게 도울 수 있을까?

테드 강연의 주제로도 심심찮게 '미래'가 등장했다.

미래를 상상하기.

그리고 그것을

글로 쓰기.

22명의 작가들은 미래의 나에게 인사를 건네고 미래의 나로 가는 여정 속에 글쓰기를 선택했다. 미래의 나에게 질문하고 미래의 나를 돕기 위해 함께 글 쓰는 공간에서 서로의 미래를 나누고 축복해 주었다.

최상의 결과를 위한 선택, 마음.
나의 지인들이 나의 미래다, 관계.
성공의 열쇠인 패러다임, 경제.
처음이자 마지막 경험, 죽음.

이 책을 선택한 그대여!
그대의 미래를 소중히 여기는 마음으로 즐겁게 독서해 주길 바란다. 그리고 우리 작가들의 미래를 응원해 주길 바란다. 글 한 편이 끝날 때마다 던지고 있는 그대의 미래를 위한 질문에도 답하길 바란다. 각 챕터를 시작하기 전마다 미래를 상상하며 글 쓸 수 있는 구조와 예시글도 소개해 두었다. 그대의 미래를 축복하면서 진심으로 잘 되길 바라며 그대 또한 반드시 글을 써 보자.

미래를 상상하기.
그리고 그것을
글로 쓰기.

다시 한 번 강조한다.
결과를 향해서가 아니라, 결과에서 출발하기!
나와 소중한 지인들이 변화하고 성장하는
자연의 법칙을 지켜갈 방법이다.
미래를 상상하고 그것을 글로 쓰자.
미래의 내가 되자!
미래의 나로 살자!
지금 당장!

상상과 글쓰기로 우리 작가님들과 함께
10년 뒤를 살고 있는 책 쓰기 코치,
백미정

Contents

Chapter 2

관계 : 나의 지인들이 나의 미래다

Chapter 3

경제 : 성공의 열쇠, 패러다임

Chapter 4

죽음 : 처음이자 마지막 경험 앞에서

Chapter 1

마음 : 최상의 결과를 위한 선택

사전적 정의로

생각과 감정이 머무는 공간이나 위치를 '마음'이라고 합니다.

마음.

모든 문제의 원인이자 해결책이 숨어 있는 곳이죠.

그러므로 내 마음을 가꾸는 훈련이,

원하는 것을 이룰 수 있는 방법이 되는 것입니다.

'내 생각과 감정을 의도적으로 좋게 만드는 훈련'을 목적으로

작가님들이 글을 쓸 수 있었던 노하우를 공개해 드립니다.

독자 여러분도 아래 순서를 토대로 꼭! 글을 써 보시길 바랍니다.

글쓰기로 내 생각과 감정을 좋게 만드는 훈련하기.

그래서

진짜 원하는 삶을 살 수 있는 미래를 준비하기.

'열심히 사는 것'과 '진짜 원하는 삶을 사는 것'은

완전히 다르니까요.

Q1 내가 좋아하는 것들(나를 기분 좋게 하는 것들)을 자유롭게 써 보세요.

예. 낮잠 자기, 서점 나들이, 옷 사기, 커피숍 가기, 좋아하는 사람들과 드라
이브 가기 등

Q2 1번에 쓴 것들을 하루에 한다고 했을 때, 시간 순서대로 다시 써 보세요.

예. 낮잠을 자고 난 후 서점에 가서 책 구경을 한 후 니트 한 벌을 삼.
좋아하는 친구 2명을 만나 드라이브를 하고 난 후 커피숍에 가서 대화
를 나눔.

Q3 오감, 문장 부호, 감정 단어가 들어가도록 2번에 쓴 글을 토대로 기분 좋은
글쓰기를 해 볼까요?

예. 낮잠을 잤다. 개운한 기분이다.
'오늘은 서점을 가 볼까?' 역시 책 구경은 진리다.
서점 옆에 있는 옷 가게를 들렀다.
"빨간색 니트가 참 잘 어울리세요."
사장님의 말에 나도 고개를 끄덕였다.

_____

_____

_____

_____

Q4 '내일은 ~한 일이 일어날 것만 같다.'
　　마지막 문장은, 내일에 대한 기대감을 잔뜩 드러내는 문장을 써 주세요.
　　예. 내일은 귀인을 만나 깨달음을 얻을 것만 같다.

_____

Q5 작가들의 글을 읽고 난 후 들었던 생각, 내가 글을 쓰고 난 후 들었던
　　감정을 자유롭게 써 보세요.

_____

_____

열린 출구는 단 하나밖에 없다.
네 속으로 파고 들어가라.

| 에리히 케스트너 |

바다에 가자!

알람이 울리지도 않았는데 눈이 떠졌다.

새벽 3시.

다시 자야 하나 고민도 잠시, 머리가 너무 맑았다.

고요히 내린 어둠과 따뜻한 이불 속 이 시간이 좋아서

다시 잠들고 싶지 않았다.

가만히 누워 폰을 보는데 푸른 바다가 검색되었다.

예전부터 바다를 생각하면 마냥 좋았다.

그래, 바다에 가자!

마음을 먹고 욕조에 물을 받아 몸을 누인다.

따뜻한 물이 가슴까지 차오른다.

물속에 몸을 담그는 순간 온 세상이 나를 살포시 감싸 안는다.

따뜻한 수증기로 가득 찬 욕실, 온기가 가득하다.

곧 만나게 될 바다를 상상하며

슬며시 웃음을 지어본다.

똑똑 떨어지는 물방울이 보송한 수건으로 사라진다.

"당신 뭐 좋은 일 있어?"

"엄마는 목욕하는 게 그렇게 좋아?"

콧노래를 흥얼거리며 나오는 나를 보며 식구들이 묻는다.

"그러게. 전생에 인어였나? 엄마는 물이 좋네."

인어라는 말에 고등학교 3학년인 딸은

"뭐야."라며 어이없는 듯 웃는다.

준비를 마치고 주차장으로 내려가 차에 시동을 걸었다.

삐빅! 소리는 마치 나에게 "가자."라고 말을 걸어주는 듯하다.

오늘은 드라이브 길에서 어떤 풍경을 만나게 될지

두근거리는 상상을 했다.

길게 뻗은 자유로.

옆으로 펼쳐지는 임진강 드라이브 길.

얼음판에서 미끄러지는 스케이트 날처럼 시원하게 미끄러졌다.

오늘 내 마음에 품고 올 바다는

어떤 추억으로 남게 될까?

 기분이 좋아지고 삶에 활력을 주는 상상, 어떤 것이 있나요?

나의 선생님

"와, 초여름 날씨다."

오늘 날씨는 너무 변덕스럽다. 추운 날씨로 어제까지만 해도 내복을 입고 있었는데, 오늘은 땀을 뻘뻘 흘리고 있다. 갱년기 때문이기는 하지만 따뜻하니까 좋다. 갱년기가 온 이후 꽤 오랜만에 웅크린 가슴을 펴본다. 상쾌한 바람이 가볍게 스친다.

분주한 일상 속에서 그동안 미뤄 놨던 약속을 오늘에야 지키게되었다. 하얀 얼굴에 따뜻한 미소는 늘 목련처럼 아름답다. 언제나 다정한 눈빛을 건네는 나의 은인, 힘들 때면 나도 모르게 전화기 버튼을 누르며 SOS를 청했던 분이다.

세 아이를 키우는 동안 우리 아이들 곁에 늘 계셔 주셨던 고마운 선생님은 나에게는 엄마가 오랫동안 우려낸 사골 맛과 같은 분이다. 그렇게 선생님은 우리 곁에서 국어 논술과 동시에 인생을 가르치시며 15년째 함께해 주고 계신다.

"선생님, 보고 싶었어요."
나는 마구 달려가 선생님을 꼭 안아드렸다.
"그래, 그래. 한나 엄마."
언제나 반갑게 맞아 주시는 우리 선생님. 아이들 선생님인지 나의 선생님인지 구분이 안 간다.
함께 있으면 무장해제 되어서 마음 속 모든 걸 털어놓고 있는 나를 발견한다. 바다 같이 큰마음에 감동하고 높게 뻗은 대나무와 같은 인내에 존경심이 든다.
언제나 든든한 선생님. 그래서 나는 오늘도 선생님을 뵈러 왔다.
선생님과 마주 보는 이 시간은 언제나 내게 선물이고 위로였다.

이제 제법 굵어진 선생님 입가의 주름이 더 인자한 미소를 만들어 준다. 희끗희끗한 흰머리가 처음 뵈었을 때보다 훨씬 많아졌지만 수많은 시간 아이들을 사랑했던 흔적이 느껴진다.
따스한 햇살이 창가로 내리쬔다. 햇살 닮은 보은의 마음을 갚아야겠다. 보고 있어도 보고 싶은 이 아름다우신 분을 만난 나는 참 복이 많구나 싶다. 진심과 배려 그리고 진짜 용기가 무엇인지 삶으로 보여주신 선생님. 자꾸 두 팔을 벌려 선생님을 품어보고 싶다. 이대로 시간이 멈추면 얼마나 좋을까?

늘 변함없는 격려로 나를 수용해 주시는 우리 선생님!
그 힘으로 지금까지 잘 살아왔습니다.
약한 자에게 관대하고 강한 자에게 강경한
정의롭고 사랑 많은 선생님의 삶을 저에게 가져옵니다.
가슴이 벅차 오네요.
선생님, 감사합니다.
그리고 사랑합니다.

 당신의 마음을 무장해제시키는 그 사람에게 배우고 싶은 점은 무엇인가요?

머물다

구름 한 점 없는 연한 파란색 하늘,
따뜻한 온기를 내려주는 햇살.
여행하기 좋은 날씨다.
설레는 마음에 밖으로 나갔지만
온몸으로 파고드는 차가운 공기가
여기가 캐나다임을 알려준다.
우리 가족은 록키 산맥에 둘러싸인 아름다운 마을,
벤프 여행을 왔다.

"와! 여기 너무 아름다워요!"
"엄마, 저기 좀 봐요. 산꼭대기에 눈이 있어요!"
'세상에, 이런 곳이 있다니!'
감탄이 절로 나오고 바라보는 것만으로도 감동이 밀려온다.
창조주의 작품이라고 생각할 수밖에 없는
신비한 자태에 숙연한 마음이 든다.

한참을 걷다 은은한 커피 향이 흘러나오는
커피숍 앞에서 멈춰 섰다.
남편과 나를 위해 카푸치노 두 잔,
아이들을 위해 아이스 코코아 두 잔을 시켰다.
남편과 나는 벤치에 앉아 커피를 마시며 경치를 즐겼다.
아이들은 어느새 커피숍 바로 옆 공간,
크리스마스 장식을 파는 곳으로 달려갔다.
"언니, 이거 봐. 너무 이쁘다."
"와! 귀엽다. 사고 싶다."
신나게 재잘거리는 아이들의 소리가 들린다.

아무 말도 없지만,
가장 경탄하며 만족하는 이는 남편이다.
행복해하는 가족들의 모습을 보며 충만함을 느낀다.

계속 이 순간에 머물고 싶을 정도로.

이 얼마나 행복한가.

 '충만함'의 감정을 느껴본 적은 언제였나요?

지금처럼

따스한 햇살과 함께 봄이 찾아왔다.
날씨를 닮아 내 마음도 설렘 가득이다.

편안하게 움직일 수 있는 옷을 꺼내 입었다.
선크림을 얼굴에 골고루 바르고,
거울 앞에서 나를 사랑스럽게 보며 말해준다.
"사랑해. 축복해. 민경아."

한 달에 한 번, 가족이 함께 산에 오르는 날이다.
산의 푸름이 우리 가족을 기쁘게 반겨 준다.

산들산들 부는 바람에 나뭇잎들이 춤을 추는 듯하다.

"엄마, 아빠. 얼른 오세요!"

"그래. 곧 따라갈게."

수다 떨며 즐겁게 올라가는 아들들의 뒷모습을 보니

흐뭇하고 대견하다.

'지금 이 순간이 너무 감사하고 기쁘다.'

마음속으로 하는 모든 생각이

따스한 햇살과 산의 푸름을 그대로 닮아 있었다.

앞으로 나의 삶에 더 행복하고 즐거운 일이 가득할 것만 같다.

지금처럼.

 오늘 나의 감정에게 해 주고 싶은 말은 무엇인가요?

희망전도사의 행복

'문자 왔숑.'

35년 장기근속수당 입금을 알려주는 2027년 3월 2일 아침.

나에게 미안한 마음에 눈물이 주르륵,

고맙고 뿌듯한 마음에 어깨 뿜뿜이다.

"엄마, 고마워. 덕분에 나 오늘 35년 근속수당 받았어.

우리 놀러가자."

입금 문자와 함께 제일 먼저 생각난 엄마에게

신나는 목소리로 전화를 했다.

"고생했어, 우리 딸. 여행 안 가도 되니까

그 돈으로 너 하고 싶은 거 실컷 해."

말을 잇지 못하는 엄마 목소리에

내 볼을 타고 흐르는 눈물의 뜨거움이 감사한 시간이다.

아버지는 맥주, 엄마는 떡, 아들은 치킨.

각자 좋아하는 음식들을 양손 가득 무겁게 들고 퇴근하는 길,

가족들과 함께 할 파티가 설렌다.

문 열리는 소리에 환하게 웃으며 달려오는 아들을 꼭 끌어안았다.

따뜻한 온기를 느끼며 '이 맛에 사는구나.' 싶었다.

"빨리 와, 엄마.

할머니가 엄마 좋아한다고 김밥도 만들고 잡채도 했어.

오늘 엄마 생일도 아닌데 왜 이렇게 맛있는 게 많아?"

신이 난 아들의 질문에 할머니가 대답해 주셨다.

"오늘 엄마가 일한 지 35년이 되어서

회사에서 수고했다고 근속수당을 받았단다.

그래서 파티하는 거야."

35년이라는 말에 아들의 눈이 커졌다.

아들은 놀란 목소리로 나에게 말했다.

"엄마 진짜 대단하다. 그렇게 오래 일했구나.

내가 크면 엄마한테 더 잘할게."

그리곤 나를 안아 준다.

어느새 고등학교 3학년, 다 큰 아들의 칭찬을 받는 순간,
그 감동을 어떻게 표현할까?

짠!
맥주 한 잔, 콜라 세 잔이 부딪히는 경쾌한 소리.
"아버지, 어머니 감사합니다. 저와 제 아들 잘 키워주셔서요.
오래 오래 건강하세요."
아들과 함께 진심을 다해 부모님께 큰 절을 했다.
나와 아들의 버팀목이자 울타리가 되어 주는 부모님이 계셔서
감사하고 행복하다.

서로를 아껴주는 가족의 사랑이 가득한 집에는
상큼한 향기가 퍼진다.
사랑을 나눌 수 있는 사람으로 살아가는 법을 배울 수 있는
따뜻한 공간이 좋다.
누군가에게 희망을 전할 수 있는
'희망전도사 작가 김민주.'
감사와 사랑이 몰려오는 지금,
가슴 벅차오르는 행복을 맞이해 본다.

오늘 나는 가족들에게 어떤 행복을 선물했나요?

씨줄과 날줄의 시간

푸른빛이 맴돌고 있는 이른 겨울 아침.

아직 집에 들어가지 못한 아침 달이 하늘에 하얗게 떠 있다. 구름 한 점 없이 깨끗한 하늘에 투명 구슬 같은 달이 떠 있는 걸 보니 추위는 잊히고 속이 상쾌해진다. 세상이 조금씩 잠에서 깨어나고 있는 이 순간, 파란빛이 온 동네를 덮고 있는 찰나의 순간에 나는 글을 쓰며 오롯이 나로서 존재한다. 모든 가능성을 앞둔 출항 전 배처럼 마음이 벅차오른다.

주말이었지만 모처럼 일찍 일어난 아이와 함께 밝은 형광색 잠바를 걸치고 밖으로 나왔다. 햇살이 잘 들고 널찍한 공간에 잔잔한 재즈 음악이 깔리는 카페, 우리가 첫 손님이다. 갓 구운 고소한 발효 빵과 함께 따뜻한 사과차를 한 잔 마시니, 지난밤까지 나를 괴롭히던 고민이 모락모락 연기에 실려 사라지는 것 같다. 아빠에게 사다 줄 빵을 열심히 고르고 있는 아이의 모습을 지긋이 바라본다.

"엄마, 아빠가 이거 좋아할 것 같아!"
달짝지근한 무화과가 잔뜩 든 빵을 가리키는 아이. 너의 마음이 그런데 아빠가 뭔들 안 좋아하겠니. 배도 찼겠다, 홀로 아빠를 두고 온 게 마음에 걸리는지 아이는 달랑달랑 빵 봉지를 들고 아빠에게 가자며 일어선다.
"와! 우리 딸이 고른 거라 그런지 더 맛있네."
졸린 눈을 비비며 빵을 뜯어 먹는 남편이다. 아침 잠을 잘 수 있게 배려해 줘 고맙다며 나에게 찡긋 윙크와 함께 다정한 목소리로 말한다.
"오늘 오후에는 시간 좀 보내고 와, 우리 둘이 놀고 있을게."
'야호!'
몰래 마음 속으로 환호성을 지르며, 눈치 없이 올라가는 입꼬리를 잡아 내린다.

뜻밖에 주어진 자유 시간에 〈톰과 제리〉의 제리처럼 잽싸게 짐을 챙겼다. 트레이닝 복장 그대로에 노트북 가방을 둘러메고 나만의 작은 작업장으로 향했다. 헤드셋에서 흘러나오는 신나는 인디 음악 반주에 맞춰 걷는 내 스텝이 누가 보면 춤이라도 추는 줄 알겠다.

누구나 가끔은 모든 역할을 집어던지고 본연의 모습이고 싶을 때가 있는 법이니까.

오늘 하루는 행복한 일들로 가득 찰 것만 같다. 가족들과 함께하는 편안한 시간, 그리고 내 꿈에 몰입할 수 있는 시간이 씨줄과 날줄이 되어 촘촘히 하루를 완성해가는 내 삶에 감사하다.

 오늘 문득 당신을 기쁘게 하는 어떤 일이 일어나길 바라나요?

게임 날씨, 맑음

방학이 끝나가고 있고 또 다른 방학이 오고 있다.

방학만큼 기쁜 것이 있을까.

나는 오늘도 기쁨을 기다린다.

짧다면 짧고 길다면 긴 방학이다.

오늘도 난 게임을 하려고 컴퓨터를 켠다.

벌써부터 "적을 처치했습니다."라는 소리가 들리는 것 같다.

"게임, 언제까지 할 거니?"

엄마의 목소리가 들려온다.

"곧 꺼야 돼."

이미 끝나버린 게임 시간을 보며 내가 말한다.

'내일은 절제해야지.'

매일 하는 생각을 오늘도 한다.

하지만 손가락은 멈출 생각이 없는 듯 계속 움직인다.

나의 팀과 함께 포탑을 부수며 적진으로 돌격한다.

결과는 화면에서 '패배'라는 단어가 보여줬다.

내일도 오늘처럼 게임에 몰입하겠지?

내일도 오늘처럼 재미를 느끼겠지?

공부도 재미를 느끼고 싶지만 무리겠지?

 당신은 무엇에 몰입하고 있나요?

내 인생의 황금기

크림이(강아지 이름) 짖는 소리에 눈이 떠졌다. 늦게 잠자리에 들었지만 숙면을 취해서인지 머릿속이 개운하다. 손가락 발가락을 꼼지락거리며 잠시 가면을 취하다 몸을 돌려 침대에서 내려선다. 머리맡으로 난 창문의 블라인드를 열고 습관적으로 수면 앱을 확인한다. 애플워치와 연동된 수면 앱이 6시간 30분 동안 한 번도 깨지 않고 깊은 잠을 잤다며 참한 곡선 그래프를 그려준다.

캘리포니아 특유의 싱그러운 아침이 열리고 있다. 거의 연중 맑은 날이 이어지는데 지겹지가 않다. 정겹게 들려오는 새소리들과 조금은 차갑지만 청량감을 더해주는 바람결이 온몸과 마음을 깨워준다. 오늘도 나는 이 아침 선물을 한껏 음미하며 뒤뜰로 나가 울타리를 넘어오는 햇살을 향해 가슴을 열어 반겨준다.

며칠 전 새로 산 운동화를 신었다. 발바닥이 푹신한 게 구름을 딛고 서 있는 것 같다. 한결같이 반겨주는 크림이를 향해 "굿모 닝! 우리 강아지!"라고 인사를 건넨다.

여느 날처럼 아내와 자전거를 타고 집에서 멀지 않은 랄프 클라 크 공원에 가서 30분 맨발 걷기를 하고 돌아와 아침 식사를 했 다. 책 읽기와 글쓰기를 한 뒤 외출을 하려 한다. 몰에서 시집간 두 딸을 만나 점심 식사를 같이 하기로 했다.

"얘들아, 잘 지냈니?"
"하이 맘 앤 대디. 하우 아 유?"
"시집간 미씨들이 이렇게 예뻐도 되는 거야? 너무 날씬해서 아 가씬 줄 알겠다."
"엄마 아빠도 관리 잘하고 계시네요. 머리카락을 기른 엄마, 더 예뻐요."
이 나이에 한국을 떠나 캘리포니아로 온 가장 큰 이유, 바로 오 늘과 같은 순간을 누리기 위해서였다.
"너희들 보는 것만으로도 우리는 너무 행복해서 꿈을 꾸는 것 같구나."

아이들을 만날 때마다 자연스레 하게 되는 말이다. 단 한 번도 진심이 아닌 적 없었다.

세 번째 방문한 타이 음식점은 우리를 실망시킨 적이 없다. 나온 음식들을 적절하게 자리 배치하고 사진을 찍는다. 그리고 아름다운 전투를 벌이는 식사시간. 아내와 아이들의 수다는 새소리보다 더 정겹다. 세상 그 누구보다 아름답고 사랑스러운 세 여인과 함께 살아가며 보내는 지금 이 순간이 내 인생의 황금기이다.

긴 기다림의 끝에서 맞이한 이 기쁨과 감사의 시간이 내일은 더 큰 행복으로 가꾸어질 것을 믿는다. 왜냐하면 지금까지 우리의 여정이 그렇게 이어져왔기 때문이다.

 당신에게 세상 그 누구보다 아름답고 사랑스러운 존재는 누구인가요?

도란도란 감사

커피 향에 잠이 깼다.

오늘은 나보다 먼저 일어난 남편이 아침 식사와 커피를 준비해 놓고 나를 깨운다. 하얀 커튼 사이로 봄 햇살이 따사로움을 머금고 들어왔다. 화단에 심어둔 노란 수선화가 오늘 하루도 행복한 날이 될 거라고 인사를 건네는 듯하다.

기지개를 켜고 주방으로 들어가니 아삭하고 신선한 파프리카 샐러드와 플레인 베이글, 크림치즈, 그리고 막 커피를 내리고 있는 남편이 보인다.

"여보, 잘 잤어?"

"일어나자마자 맡는 커피 향이 너무 좋은데? 고마워."

아침에 들을 노래를 고르는 건 내 몫이다. 오늘은 달달하게 핑크 스웨츠의 〈At My Worst〉를 선택해 보았다.

"아침 먹고 산책 갈래?"
"그래, 그러면 산책 갔다 오는 길에 서점도 들리자. 당신 읽을 책도 한 권 사고 아이들 읽어줄 그림책도 좀 보고 오게."
남편과 도란도란 이야기를 나누는 아침은 오래된 책처럼,
세월의 향기가 묻어 있다.
포근하다.
안온하다.

휴식 같은 오늘 하루,
감사함이 차오른다.
그리고 내일은 또 어떤 기분 좋은 일이 나를 기다리고 있을까
기다려진다.

 오늘 당신이 듣고 싶은 노래는 무엇인가요? 이유는요?

나의 텃밭

노란 희망을 닮은 봄비.
아침부터 내린 비는 꽃샘추위로 움츠려 있던
갈색 텃밭에 생기를 준다.
낮은 키 소나무 밑, 뾰족 뾰족 초록잎 아이들과
노란 수선화 트럼펫에 맺힌 빗방울을 바라본다.
경이롭다.
우리 집 마당에서 가장 먼저 봄을 알려주는 녀석들.
빗방울을 머금은 꽃망울들은
파르르 몸을 떨며 겨울을 보내는 아쉬움을 보여준다.
그리고 차디찬 겨울을 이겨낸 용기를 칭찬하듯

잘 보내고 왔노라고 트럼펫 연주를 시작한다.
세우 속 신이 난 연주는
어서 오라고 미소 지으며 봄맞이를 서두른다.
나도 설렘과 기대로 찬 봄을 그린다.

뒤꼍에서 빨간 칠을 입힌 면장갑을 찾아 끼고
호미와 모종삽을 손에 든다.
기분 좋으리만큼 적당히 내리는 비를 잠시 피하려
챙 모자를 머리에 얹고 화단으로 간다.
가랑잎들을 걷어 내니 허브향이 그윽하다.
로즈마리, 페퍼민트, 초코민트, 라벤더.
동네 사람들은 이 아이들을 캐어
화분에 담아 안으로 들이라 했다.
하지만 줄기들을 이불처럼 덮어 겨울을 지내 온 기특함에
봄 온기를 그대로 전해주고 싶었다.
늘 바라봐 주는 햇볕과 나의 게으름 뒤 생명력을 믿으며
호미 든 손을 재빨리 움직인다.
허브 싹들이 움트고 있다.
오로지 나를 위한 이 시간,
감사하다.

"벌써 싹이 올라오네. 쪽파처럼 올라와.
어메! 벌써 꽃이 피네. 참 이쁘네요.
저 노란 꽃 이름은 뭐예요?"
"수선화예요. 봄비에 한 뼘이나 자랐어요."
"여긴 볕이 좋아선지 여기저기 살아보겠다고
고개를 빼꼼 내미네."
앞집 할머니는 쉴 새 없이 말씀하셨다.
지나가던 통장 아주머니까지 오셔서
자기 화단인 양 말씀을 포갠다.
이제는 그만 심고 땅속에서 올라오는 것을 지켜보라 하신다.
난 이런 간섭이 좋다.
그래, 절기마다 행사처럼 꽃시장에 가서
꽃모종 쇼핑을 하고 땅속에 든 여러해살이를 뽑아내는
미련한 짓은 이제 그만하자.
교실에서 키울 민트들을 모종삽으로 뜬다.

생명을 움틔우고 형형색색 다양한 변화로
벌써 기대하게 만드는 나의 텃밭.
사계절이 행복해진다.

조용히 초록을 선물해 주신

그분, 나의 신께 감사를 올립니다.

 지금 당신의 마음을 닮은 계절은 어느 계절인가요?

_____

책으로 다시 태어나기를

엄마 팔베개.
세로로 글이 쓰인 소설책.
그리고
책 향기.

내가 책을 좋아하게 된 이유다.
엄마의 일생동안 가장 평온해 보였던 순간,
나는 엄마 팔베개를 하고 있었고
엄마는 책을 읽었고
우린 책 향기를 맡았다.

30년은 족히 넘은 기억인데 아직도 난,

책 향기가 좋다는 이유만으로 책을 사곤 한다.

엄마의 지난 30년을

책 향기에 가두고 나의 팔베개에 가두고 싶다.

정아야, 엄마 지금 도서관 간다.

다리는?

택시 기사님이 위까지 태워다 준다.

그래.

어지간한 소설책은 다 읽어서 볼 게 있을랑가 모르겠다.

엄마는 무릎 연골이 닳은 다리를 절뚝거리며 도서관을 가고,

도서관 앞뜰에 핀 벚꽃을 사진 찍어 카톡으로 보낸다.

나무야,

너의 희생으로 좋은 책들 잘 보고 있단다.

또한 너의 아름다움으로 엄마와 잘 소통하고 있단다.

가수 장범준이 〈벚꽃엔딩〉이라는 노래를 불렀어.

더 이상 책을 볼 수 없게 될 엄마의 엔딩과 나의 엔딩에는

벚꽃이 있을까?

아련한 추억이 꽃샘추위가 될 때,

그때도 엄마와 난 책을 펼칠 테지.

우린 그렇게 뿌리가 될 테지.

그리고 흙으로 돌아가서는

누군가의 책으로 다시 태어나기를.

 당신을 기분 좋게 해 주는 그 물건을 처음 본 것은 언제였나요?

연결

눈이 번쩍 뜨였다.

새벽 4시 반.

파견 나온 남편을 따라 미국에 온 지 일주일이 지났다. 이제야 시차에 적응되어 다시 새벽 시간을 맞이할 수 있었다. 남편을 깨워 함께 집을 나섰다. 일자 복근이 드러나는 조깅복을 입고 근처 공원을 달렸다. 두 뺨을 스치는 상쾌한 바람과 콧속 가득 들어오는 시원한 공기가 나를 즐겁게 했다. 30분의 짧은 조깅을 끝내고 벌컥벌컥 물 한 잔을 들이켜 마신 뒤, 소나기처럼 뿜어 내리는 물로 몸을 씻었다. 몸과 마음이 모두 맑아지는 듯하다.

애틀랜타의 아침 활기가 느껴지는 창밖을 바라보며 책상에 앉았다. 영감을 주는 책을 읽고 블로그에 글을 쓰고 인스타그램에 피드를 올렸다. 한 개의 블로그도 운영할 자신이 없었던 10년 전의 나와는 다르게 주제별로 운영하는 블로그가 어느새 5개가 되어 구글에서 달러가 매일 입금되고 있다. 포스팅 시간도 한 시간 내로 줄어 글 쓰는 시간이 더욱 즐겁다.

삶은 달걀과 빨강, 노랑, 연한 초록이 조화로운 샐러드 한 접시. 입 안 가득 아삭함이 퍼졌다. 배를 채우고 아이들을 등교시킨 뒤 다시 서재에 앉았다.

캠을 켜고 예약된 유튜브 라이브 방송을 시작했다.
"안녕하세요, 여러분. 짐 정리를 끝내고 한 주 만에 뵙습니다. 혹시 미래 일기를 써보신 적 있나요? 오늘 여러분께 저의 미래 일기를 공개하려고 해요. 그리고 그 효과에 대해서도요."
유튜브 구독자가 어느새 100만 명이 되었다. 100명이 되기까지 7개월이 걸렸는데 1,000명이 되고 나서는 자고 일어날 때마다 몇백 명씩 늘어나더니 순식간에 100만 명이 되었다. 늘어난 구독자 수보다 독자들의 댓글이 나를 더 가슴 벅차게 만들었다.

"작가님! 작가님의 책과 방송 덕분에 제 삶이 달라졌어요. 남의 말에 좌지우지되지 않으니, 제가 원하는 것에 집중할 수 있게 되었습니다. 모든 걸림돌과 디딤돌은 제 안에 있음을 알게 되었어요. 이젠 의식적으로 제 삶을 선택하며 인생의 주인이 되겠습니다. 감사합니다."

방송을 끝내고 구독자들의 예전 댓글들을 읽는데 눈물이 앞을 가려 모니터가 흐릿하게 흔들린다.

'드르르륵'

책상 위 휴대폰이 진동을 울린다.

"여보세요?"

"안녕하세요, 작가님. 테드 기획자 사라에요. 모레 있을 강연 준비는 잘 되어 가시죠? 한 시간 전 리허설이 있으니 시간 맞춰 오세요. 그날 뵙겠습니다."

강연 준비는 미국 들어오기 전에 모두 끝냈다. 5년 전부터 지금까지의 시간이 모두 꿈만 같다. 오랫동안 멈췄던 유튜브를 다시 시작하면서 영어 제목과 자막도 함께 송출했다. 영상이 쌓이고 구독자가 늘어나던 어느 날, 테드에서 한 통의 메일이 왔다. 나를 올해 강연자로 초청하고 싶다는 내용이었다.

언어소통도 잘되지 않는 낯선 곳의 여행이 두려워 대학생 때 흔히 해본다는 해외 배낭여행이나 워킹홀리데이, 교환학생은 꿈도 꾸질 못했다. 그래서 해외여행은 남편과 같이 떠난 신혼여행이 처음이었다.

그러나 5년 전부터 온 가족이 영어 공부를 매일 열심히 한 덕에 영어에 대한 두려움이 없어졌다. 일상생활의 대화를 넘어 큰 무대 많은 사람 앞에서 강연이라니! 낯설고 어색했지만, 일상의 내 모습에서 벗어나 '더 큰 나'를 5년 전부터 상상하기 시작했다. 떨리지만 조심스럽게 꿈꿨던 일이 이제 현실이 되었다.

세상의 '종'이 아닌 '주인'으로서 자신이 좋아하고 원하는 일로 당당히 살아갈 수 있게 도와주는 〈러브미타운〉은 내가 잠자는 동안에도 전 세계에 알려지고 있다. 나뿐만 아니라 그 길을 함께 나아가고자 돕는 사람들도 늘어나고 있어서 기쁘다.

 여러분은 지금, 어떤 꿈을 꾸고 있으신가요?
미래의 내가 지금 나에게 와서 말을 한다면 어떤 꿈을 꾸라고 할까요?
오늘 밤엔 가슴에 두 손을 얹고 미래의 나와 연결되어 보시길 바랍니다.

두 손 모아

찌르릉 찌르릉.

알람 소리가 고단한 몸을 깨운다.

일어나 현관문을 나서는데 나도 모르게

"오, 주님! 감사합니다."하고 기도를 하게 된다.

어두움 속 차가운 바람이 상쾌하게 느껴진다.

미소와 함께 교회로 가는 발걸음을 재촉한다.

예배 드리고 집으로 향하는 길,

밝은 빛과 맑은 공기와 새들이 서로 이야기하는 듯하다.

책장 넘기는 소리는 늘 나에게 설렘을 준다.

글자들이 나를 반겨주는 듯하다.

오늘 우리 가정에 주시는 말씀은 무엇일까?

깊이 묵상하고 싶다.

'오직 나와 내 집은 여호와를 섬기겠노라.'

남편이 좋아하는 성경 구절을 소리 내어 읽을 수 있음에

또 들을 수 있음에 감사하다.

모든 것이 주의 은혜다.

딩동.

퇴근 무렵, 남편이 문자를 보냈다.

'퇴근하면서 야탑에서 만날까?'

들뜬 마음으로 답글을 보낸다.

'그래요. 좋아요. 함께 걸어갑시다.'

남편을 만나 탄천 길을 걸으며 자연을 느낀다.

물가 나무들은 봄을 맞이하며 잎을 피우려고 움직이고 있었다.

바람이 살랑거리며 잠자는 나무들을 깨우는 듯했다.

호수에 떠 있는 오리들이 먹이를 찾느라고

물속에 머리를 깊게 넣고 있는 모습이 귀여웠다.

먹고 살기 위한 몸짓이라 생각하니 조금 숙연해지기도 했다.

남편과 이야기하며 걸으면 시간이 금방 흘러간다.

"집중! 집중하세요!"

여섯 살 손녀의 낭랑한 목소리.

사랑유치원 선생님이 되고 싶다는

손녀 주아의 꿈에 협조하고 있는 중이다.

"유명순 어린이!" 손녀가 부르면

"네, 선생님."하고 자리에 앉게 된다.

주아는 지휘봉을 들고 벽에 걸려 있는 달력을 가리키며 물었다.

"오늘은 몇 월 며칠, 무슨 요일이죠?"

이어서 큰손녀 레아는 아빠에게 음악을 부탁하며

춤을 보여준다고 대기하고 있다.

발레리나의 꿈을 가지고 있어 몸짓 하나 하나가

섬세하고 아름답다.

손녀들의 존재는 행복 그 자체다.

'내일 삶을 돌아보며 내일을 노래한다.'라는 주제로

작은 음악회를 가졌던 시간은 감동이었다.

아들이 건강을 찾아 찬양 팀 싱어, 음악 교사를 감당하며

틈틈이 준비해 오던 작은 음악회였다.

'내일의 시작', '희망의 내일',

'내일의 사랑', '보이지 않던 내일'을 설명하면서

노래를 불렀다.

벅차오르는 감정을 억누르고

아들이 몰입하는 그 눈빛과 입술에 집중했다.

그의 꿈에 박수를 보낸다.

아들 요한이가 걸어갈 미래는 좋은 일들만 일어날 것만 같다.

내 삶 모든 것에 감사함으로

두 손 모아 기도드린다.

 당신은 누군가를 위해 진심으로 기도해본 적이 있나요?

오늘은 행복

"내 기분은 내가 정해! 오늘은 '행복'으로 할래."

영화 〈이상한 나라의 엘리스〉에 나오는 대사.

내가 뱉은 말 한 마디가 오늘이 된다.

오늘 나의 기분은 행복!

꽃샘추위가 기승을 부리고 있지만,

내 마음 날씨는 찬란하기만 하다.

뜨끈한 바닥에 몸을 뉘어 노근하게 만드는 것, 세상 제일 좋다.

그래도 자리를 박차고 일어날 수 있는 이유는

마음 맞는 좋은 사람들을 만나는 날이기 때문이다.

어떠한 이야기를 해도 안전하고 편안하다.

유치뽕짝, 재미는 덤이다.

비워내고 이내 기쁨으로 가득 채워주는 사람들.

이들은 내 인생의 응원군이자 에너지이다.

보송한 느낌의 체크무늬 재킷이 너무 잘 어울린다며 칭찬일색
이다.

"당근마켓에서 저렴하게 샀어."

나는 어깨를 으쓱이며 말했다.

"우와! 역시 안목 있어."

"옷을 잘도 고른다."

"본인 스타일을 너무 잘 알고 있다니까."

이들의 칭찬은 끝이 없다.

"아이, 뭘."

모델 포즈를 흉내 내며 답하는 나를 보고 깔깔 웃는다.

이것이 바로 힐링.

기쁨을 누리는 것에 집중하는 시간.

향긋한 커피와 고급스런 선율의 팝송은

우리를 더 행복하게 한다.

"세 시간이나 여기 있었네. 우리 나갈까?"

봄바람 새바람을 느끼고 싶어 산책에 나섰다.

빼꼼, 하고 봉우리에서 고운 빛깔로 인사하는 꽃잎도 있다.

자연의 신비로움에 감탄하는 사이,
나는 황톳길 맨발걷기를 제안했다.

"신발 신고 걸어도 돼."
얘기하고는 양말을 벗어 던지고 걷기 시작했다.
"아, 뭐야?" 하고 거부하는 듯한 답을 하면서
모두 맨발로 따라 나선다.
참 예쁘고 사랑스러운 이들.
발바닥이 황토로 발갛게 물들어 보기 좋다.
발을 모아 인증사진 찍고
건강한 함박웃음으로 작품 사진도 한 장 뽑아냈다.

서로를 사랑하고 배려하는 마음으로 만들어 낸 멋진 오후.
그래서 미래가 더 기대되는 우리들.
이미 행복하기로 마음먹었으니
행복할 수밖에!
우리는 잘 될 수밖에 없다.

 오늘 당신의 기분을 무엇으로 정하시겠어요?

참 좋다

난 5월이 좋다.

바람은 살랑살랑, 햇볕도 따갑지 않고 화창한 날이다.

싱그러운 햇살이 비치는 창밖으로 아카시아 진한 향과

초록빛 세상이 나를 유혹한다.

내 기분은 파란 하늘의 뭉게구름이 된다.

모처럼 휴가를 냈다.

가까운 곳이지만 혼자서 평일 날 떠나는 여행.

참 좋다.

안 하던 화장도 하고 가벼운 정장 차림으로 집을 나선다.

차를 타고 2시간 정도 달리니 가고 싶었던 수목원이 보인다.

꽃 나들이 온 관광객들이 꽤 많다.

혼자서 봄을 만끽한다.

"이 꽃은 정말 화사하다."

"어! 이런 열매도 열리는구나."

혼자 중얼거리며 봄을 만끽했다.

다양한 꽃과 나무, 식물, 곤충, 동물들을 보며

새삼스레 생물의 신비를 느낀다.

한 걸음 한 걸음 내디디며

자연이 주는 고마움과 여유를 몸과 마음으로 받아들인다.

산 정상에 올라서서

조그맣게 보이는 아랫마을을 응시했다.

저 밑에서 아등바등 살다가 위에서 바라보니 여유롭다.

소리 한번 질러볼까?

"나는 내가 정말 좋다!"

옆에서 크크크, 웃는 소리가 들린다.

나도 그들을 보며 활짝 웃어준다.

산을 내려오니 배가 고프다.

시계를 보니 벌써 12시가 되어갔다.

미리 알아본, 인심 좋은 어르신이 운영하는 밥집에 도착했다.

엄마표 밥집으로 거나한 밥상을 받았다.

이곳에서 오랫동안 만나지 못했던 제자를 만나기로 했다.

"선생님! 잘 지내셨어요?"

"아이고, 이게 누구야!

어쩜 이렇게 세월이 너만 비껴갔니?"

"하하하! 그게 무슨 소리예요? 제가 드릴 말씀이에요."

늘 소녀로 남아 있을 것만 같았던 제자였는데,

세월은 세월이구나 싶었다.

그의 근황을 이야기하며

맛있는 한 끼를 뚝딱 해치웠다.

식사 후 근처 커피숍에서 커피와 과일 주스를 마시며

서로의 비전을 어떻게 이뤄가고 있는지 대화를 나누었다.

그녀와의 긍정적인 대화는 나에게 활력을 주었다.

나를 알아주는 사람이 있다는 건 참 든든한 일이다.

삶에 도전이 되고

다시 힘차게 걷게 하는 힘을 준다.

제자는 다시 사무실에 들어가야 해서 아쉬워하며

언제고 만나자 기약하며 헤어졌다.

다음은 어르신들이 모여 있는 강의 장소로 이동했다.

'청춘은 지금도 청춘이다.'라는 제목으로

어르신들의 사기를 북돋아 주는 강의를 했다.

제자를 통해 얻은 활력으로 어르신들에게 기를 팍팍 넣어주는

아주 신나면서도 의미 있는 내용으로 마무리했다.

내가 어르신들에게 드린 격려가 부메랑이 되어

나에게 위로로 다가왔다.

그래, 나이 먹는 것도 의미 있는 삶의 한 부분이야.

어르신들의 환한 웃음과 미소를 뒤로 하며

뿌듯함과 보람을 한가득 안고 집으로 돌아왔다.

발걸음이 가벼운 하루!

내일도 충만한 행복을 만들어 보자!

 당신의 충만한 행복에 이름을 붙여 볼까요?

복 받은 사람

2034년 3월 2일.

알람이 울리기 전, 눈이 떠졌다.

벌써 10년.

아침 6시에 글을 쓰고 있다.

따뜻한 레몬차 한 잔을 마시며 글 쓰는 시간은

나를 찾아가는 시간이자 삶을 정돈하는 시간이다.

유튜브, 넷플릭스, 게임 등 도파민 중독이 넘치는 세상이지만

글쓰기는 차분함과 평안함을 선물해 준다.

봄을 알리는 3월은 언제나 설렌다.

아직 차가운 바람이 느껴지지만
지저귀는 새소리도 나무의 새순도 열심히 봄을 열고 있다.
연둣빛 새싹과 여린 새잎들을 보면 행복이 샘솟는다.

그리고 내가 가장 좋아하는 것은 책과 아이들이다.
천직이라 여기는 아이들과의 논술 수업을 시작한 지
벌써 30년이 넘었다.
초롱초롱한 눈망울을 가진 아이들과의 수업은
언제나 힘이 난다.

"선생님! 웨어러블 로봇 개발에 성공했어요!"
로봇 과학자 시훈이의 반가운 전화다.
"어머, 시훈아! 드디어 해냈구나! 축하해."
가슴이 뭉클해 온다.
초등학교 5학년 때부터 수업을 시작한 시훈이는
초등학교 6학년 때 K대 과학영재원에 합격했다.
노인이나 장애인을 돕는
웨어러블 로봇을 만드는 게 꿈이라고 했다.
책을 좋아하고 수업에 늘 성실히 참석했던 똑똑한 아이였다.
초등학생 때 논술 수업을 시작한 학생들은
중·고등학교에서 반 1등은 물론 전교 1등도 많이 했다.

아이들과 수업을 하며 생각했다.

먼 훗날, 나를 고마운 선생님으로 기억해 주기를 말이다.

나와 함께하는 아이들이 어디 가서도

건강하고 실력 있는 사람으로 제 역할을 하도록 돕고 싶었다.

공부도 중요하지만 배려나 경청 예의 등 인성을 강조했다.

사춘기 아이들은 여러 가지 고민이 많아 상담도 많이 했다.

아이들의 어두웠던 얼굴이 밝아지도록 격려해 주면서

헤쳐나갈 방법을 같이 고민하기도 했다.

오늘도 수업을 하러 가는 내 발걸음이 활기차다.

입소문을 타고 꽤 먼 거리에서도 와주는 학생들 덕분에

토요일은 하루 종일 수업하기에 바쁘다.

내가 가장 좋아하는 책과 아이들

그리고 바른 가치관을 세워주는 독서논술 수업을 할 수 있다니

난 참 복 받은 사람이다.

다양한 책을 읽으며 세상을 탐색하고 실력을 키우도록

도와주는 일은 언제나 보람차다.

 당신의 꿈은 어떤 색을 닮았나요? 이유는요?

평온한 파티

오늘의 봄은 화창하다.

충주 근처로 떠나는 캠핑 드라이브 일정은

우리를 들뜨게 하였다.

서울에서 내려오는 아들 내외를 편안하게 보기 위해

중부지방을 선택했다.

며칠 전부터 캠핑카를 수리하고 정리하는

남편의 뒷모습을 생각해 본다.

마음에 '좋다, 기분 좋은 설렘.'이라고 쓰여 있는 것 같았다.

오랜만에 들어보는 남편의 콧소리에

덩달아 나도 신나고 즐거웠다.

우리 부부는 밝고 상쾌한 날씨만큼이나 기분이 좋다.

캠핑장에 먼저 도착한 우리는 스피커를 꺼내어 음악을 들었다.

장작을 꺼낸 남편은 불쏘시개용 도구에 불을 붙였다.

'타닥 타닥.'

금세 장작 타는 소리와 함께 기분 좋은 자연의 냄새가 났다.

준비해 간 재료로 맛깔스러운 잡채를 만들고 현미밥을 지었다.

아끼는 샐마 주방도구에 구운 김과 수육도 가지고 갔다.

"아버님! 어머님! 저희 왔어요. 도형이도 왔어요."

생기발랄한 도형 애미 목소리가 들렸다.

"아고, 우리 도형이도 왔네. 어서들 오너라."

남편이 먼저 달려갔다.

손자를 안아보는 그이가 무척이나 행복해 보였다.

파티 상을 세팅하느라 한발 늦은 나도

"왔구나 왔어." 노래 부르며 달려갔다.

사진과 동영상에서 보던 내 손자 도형이.

나를 보더니 꺄르르 웃었다.

저녁노을처럼 아름다운 감사와 사랑이 온몸에 스며들어

눈시울이 뜨거웠다.

저녁 식사는 평온한 파티시간이 되었다.

아들이 준비해 온 와인과 남편이 준비한 음악이
캠핑의 신선한 추억에 플러스가 되어 주었다.
다음 캠핑 장소를 이야기하면서 날짜를 잡았다.
야외에서 가족과 함께하는 시간은
우리에게 충만한 행복을 선물해 주었다.
지금 나에게는 편안한 일상도,
미래에 만나게 될 설레는 가족캠핑도,
모두 기적이다.

일상이 기적이 되는 순간을 살아가고 있는 나이다.

 일상이 기적처럼 느껴졌던 순간이 있었나요?

눈빛으로 그려진다

2024년 3월 2일 토요일 새벽,

아직 차가운 바람에 몸을 움츠린다.

이른 아침 글 속에서 미래의 나를 만나는 시간은 늘 새롭다.

어제 갑자기 날아온, 근심이 담겨있는 풍선을

미래 일기 쓰기로 홀가분하게 날려버리려 한다.

호수가 보이는 카페.

통유리 너머의 윤슬을 지긋이 본다.

잔잔한 피아노 선율에 무거운 마음을 내려놓고,

부드러운 소파에 몸을 맡긴다.

방금 구운 빵 내음에 마음이 진동하고
헤이즐넛 커피 향은 코끝을 휘감는다.

"어제 잠은 잘 잤어?"
남편이 먼저 걱정스레 물었다.
"응."
"나는 좀 설쳤어."
남편은 분명 그랬을 것이다.
어제저녁 무렵
'부부 싸움을 크게 했어요.'라고 보내온 며느리의 문자에
'너희 둘, 서로 생각할 시간을 가지고
자신을 돌아보는 기도를 하면 좋겠다.'라는 답장을 보냈다.
그리고 우리 부부는
"우리는 더 이상 개입하지 않는 것이 좋겠어."라며
진심을 애써 감추었다.
우리 부부는 여태와는 다른 결론을 내렸다.
"우린 우리를 위해서 즐겁게 살자!"라고.
"기도밖에 답이 없네."
남편의 말에 나도 고개를 끄덕였다.

주일 아침, 예배를 마치고 설레는 마음으로

유아부와 유치부가 있는 3층으로 뛰다시피 올라갔다.

신통하게도 우리를 먼저 발견한 세아가

"하부지~, 하머니~." 우리 부부를 부르며 양손을 흔들어 댄다.

이에 질세라 주안이도 "할아버지, 할머니!" 부르며

나에게 달려와 품에 쏘옥 안긴다.

한참을 꼭 끌어안고 있는 그 순간

'이보다 더 행복할 순 없다.'라는 충만함이

하늘 높이 떠 있는 애드벌룬처럼 부풀어 오른다.

이 순간의 기쁨을 그 무엇과 바꾸랴.

그저 감사할 뿐이다!

그 뒤로 겸연쩍은 표정으로 서 있는 며느리와 아들이

애틋하게 내 눈빛 안으로 들어온다.

아픈 만큼 성숙해진다는 옛말이 있다.

아들 부부에겐 더욱 숙성된 내일의 삶이

분명히 기다리고 있을 것이다.

향기를 풍기며 옹골지게 익어가는 그들의 모습이

명확하게 그려진다.

우리 부부가 그래왔던 것처럼.

근심이 변하여 기쁨이나 감사로 다가왔던 경험이 있나요?

지금 반짝이는 햇살이

새로운 시작! 설레는 아침이다.

딸아이가 어젯밤에 잠들기 전 준비해둔 보라색 원피스를 꺼내 입는다.

마음에 드는지 해맑은 미소를 지으며 엄마, 아빠를 바라보고는 까르르 웃는다.

사랑스러운 딸의 모습에 딸 바보 아빠는 딸에게 다가가 간지러 움을 피우며 장난을 친다.

밝은 웃음소리가 가득한 집안에 따스한 햇살까지 비치니 마음도 맑고 상쾌하다.

커다란 가방을 메고 거실 문을 힘차게 연다.

반짝이는 보라색 새 구두를 신고 또각또각 걸어 내려와 차에 올라탄다.

아빠, 엄마 양손을 잡고 초등학교 강당으로 들어선다.
잔잔하게 흘러나오는 클래식 음악과 여기저기 모여 있는 입학생들과 가족들의 모습이 보인다.
가슴이 콩닥거리며 나도 모르게 눈시울이 살짝 붉어지는 오늘이다.

"하은아! 어디 앉아볼까?"
딸아이는 배정된 반 팻말 쪽으로 성큼성큼 걸어가 앞자리에 서고 뒤를 돌아보더니 입가에 미소를 짓는다. 엄지손가락을 치켜들고 '넌 정말 멋져!' 메시지를 보낸다.
"오빠, 우리 이제 정말 학부모가 되었네. 어린이집 보낼 때가 엊그제 같은데 시간 정말 빠르다. 키 큰 거 봐."
"그러게. 천천히 커도 되는데 벌써 학교 간다고 가방 메고 서 있네. 학교 입학식을 다 와보다니. 새롭다."
"정말…. 새롭다. 맨 앞에 줄 서 있는 거 봐. 역시 리더 감이야. 제일 예쁘네."
맨 앞에 서 있는 딸아이를 바라보며 남편과 속닥속닥 이야기를 나눈다.

새로운 시작을 하는 딸아이는 매일 행복하게 성장할 것이다. 지금 반짝이는 햇살이 분명 멋진 꿈과 비전을 향한 시작임을 알기에 감사와 기쁨이 넘친다.

 당신에게 새로운 시작은 어떤 감정으로 다가오나요?

이 삶을 사랑할 수밖에

2024년 어느 봄날 캠핑장.

하늘빛이 감동적이다.

아이들 웃음소리,

철썩이는 파도 소리,

따사로운 봄볕이 손을 타고 들어와 내 마음까지 녹인다.

나지막이 되뇐다.

'나는 이 삶을 사랑해.'

향긋한 봄 냄새, 풋풋하고 신선한 여름 향….

계절이 바뀌면 향기도 바뀐다.

향기를 맡으면 그 계절이 왔구나 실감한다.

보내야 하는 것을 잡고 있을 때는 늘 후회와 미련이 남는다.

어릴 적에 생각했었다.

'이보다 더 좋은 삶이 있을 거야.'

아니, 그렇게만 믿고 싶었다.

흘려보내고 나니 이제는 알게 되었다.

"이보다 더 좋은 삶이 있을까?"

지금 내가 가진 것에 안도하며 충만함에 감사하며,

앞으로의 미래가 더할 나위 없이

충분히 멋진 삶이 되리라 확신한다.

잠들기 전, 딸아이에게 물었다.

"지민이는 언제가 제일 행복하니?"

"나는 가족들이랑 함께 놀 때가 제일 좋아."

가장 가까이에 있지만 자꾸만 잊어버리는,

지금 내 삶을 지탱해 주는 존재들.

나는 이 삶을 사랑할 수밖에 없다.

동화책 속 한 소녀가 떠올랐다.

소녀는 마지막 성냥에 불을 붙였다.

희망을 담은 불꽃은 활활 타올랐지만

얼어가는 소녀의 몸을 녹이기에는 턱없이 모자랐다.

우리는 나도 모르게 비극의 주인공으로 삶을 살아간다.

더 사랑받아야 하고 인정받아야 하고 완벽해야만 한다는

마음은 진짜가 아니다.

삶을 완벽하게 만드는 것은 그 어디에도 없다.

잘못된 것은 없다.

지금이 가장 완벽하다.

평안을 선물받았던 성냥팔이 소녀의 미소처럼,

지금이 가장 완벽하다고 믿는다.

진정으로 삶이 충만해짐을 느낀다.

 '꼭 이렇게 해야만 해!'라고 생각한 나의 관점은 무엇이 있나요?

(예 : 엄마는 화를 내면 안 돼. 자식이라면 말을 잘 들어야지.)

순간 그리고 시간

날씨가 따뜻한 봄날, 주식 배당금이 들어왔어요.

주식을 처음 시작할 때는 배당금이라는 걸 몰랐는데, 생각지도 못한 보너스가 통장에 들어온 거예요. 내가 돈을 참 좋아한다는 걸 알게 되었어요. 돈이 없으면 힘이 빠지고 마음이 날카로워져요. 하지만 생각지도 못한 돈이 들어올 때는 모든 것에 너그러워져서 입꼬리가 올라가요. 어깨에 힘도 들어가고요. 룰루랄라 콧노래도 흘러나와요.

갑자기 좋아하는 빵이 생각났어요. 달콤하고 향긋한 냄새가 코끝을 간지럽히는 듯 빵이 먹고 싶어졌어요. 침이 꼴깍 넘어가요. 반달눈이 더 곡선을 이루며 웃게 되었죠.

아, 그리고 친구에게 전화해서 한참 폭풍 수다를 떨었어요. 친구와의 대화가 귀에 쏙 들어와, 마치 댄스음악처럼 즐거웠어요. 만나자고 했을 때의 설렘은 피부를 감싸는 따스함으로 다가왔어요. 소꿉친구와의 시간은 어린 시절로 돌아가는 시간 여행이에요. 세월이 지나도 순수함 그 자체네요.

"어머, 살 빠졌네?"
"그래?" 좋으면서도 아닌 척하며 피식 웃음이 새어 나왔어요.
"너도 너무 이뻐졌다."
살 빠졌다는 말과 예뻐졌다는 말은 몇 번을 들어도 좋은 거 같아요. 대화와 웃음 속에 평안함이 느껴지는 시간이에요.
친구와 해외여행을 계획했어요. 우리가 가려는 곳은 사진 속 풍경처럼 아름답고 화려한 사이판이에요. 자유롭게 하늘을 나는 새처럼, 우리만의 시간을 보낼 여행 계획을 세웠어요. 햇살이 더욱 빛나는 곳에서 우리는 비키니를 입고 해변을 거닐며 특별한 순간을 만들어갈 거예요.
상상하니 또 웃음이 끊이질 않네요.

 당신을 가장 기분 좋게 해 주는 상상은 무엇인가요?

Chapter 2

관계 : 나의 지인들이 나의 미래다

'하품하는 사람을 보면 나도 하품이 나온다.'

내 의사와는 상관없이
함께 하는 사람 또는 환경에 영향을 받는다는 것을 보여주는
간단한 예입니다.
상대방의 행동을 보고 마치 내가 행동을 하듯 반응하는 신경세포를
'거울 뉴런'이라고 하지요.
이탈리아의 신경심리학자인 자코모 리촐라티 교수가
연구팀과 발견한 것인데요,
거울 뉴런은 '따라쟁이 세포'라고도 합니다.

여러분,
성공하고 싶으시죠?
그렇다면,
성공한 사람들과 가까이 해야 합니다.
'가까운 지인 5명의 평균이 나 자신이다.'라는
명언을 기억해 주세요.
나의 롤 모델을 찾고 내가 그 롤 모델이 되었을 때를 상상해 보세요.
당신의 꿈은 이미 이루어졌습니다!

Q1 3년 뒤 당신은, 당신이 롤 모델로 삼고 있던 사람과 똑같은 사람이 되었습니다. 당신의 롤 모델과 만나는 장소는 어디인가요?

_____

Q2 롤 모델과 만나 어떻게 인사를 나누고 있나요?

_____

Q3 성공을 이루기 위해 어떤 어려움을 이겨냈는지, 롤 모델에게 이야기해 볼까요?

_____

_____

_____

_____

_____

Q4 '~한 내가 되었다.'
  마지막 문장은 당신이 어떤 사람이 되었는지 써 보세요.

_____

Q5 당신의 마음을 이끌어 주는 명언은 무엇인가요?

_____

사람에겐 사람이 필요하다.

- 타고르 -

나를 살려준 존재

햇살이 비치고 있다. 따스한 봄날이다. 커피를 한잔 들고 창문 밖을 내다본다. 오가는 사람들 속에서 곧 반가운 얼굴들이 보일 것이다. 내가 좋아하고 날 좋아해 주는 나의 도반님들. 오늘은 처음으로 그분들을 내 공간에 초대하는 날이다.

한쪽 벽에 놓인 책장 위, 그 분들과의 추억이 담겨있는 액자들이 놓여 있다. 곧 있으면 왁자지껄한 공간으로 바뀔 이곳에서 나는 가만히 과거를 회상해 본다.

드디어 그들이 왔다.

"원장님, 공간이 너무 예뻐요. 그간 어떻게 지내셨어요?"

"요즘 유튜브 잘 보고 있어요."

"어떻게 그 많은 일들을 해내고 계신 거예요?"

반가운 목소리로 안부들을 쏟아내며 서로의 안녕을 확인하고 있었다. 꿈을 찾아 한발씩 내딛는 그들과 함께 있으면 나이는 숫자에 불과하다는 말이 실감났다.

5년 전 첫 수업 때가 떠올랐다.

프로그램을 만들고 인원들을 모으면서 부족한 나를 계속 뒤돌아보았다. 해도 될까? 망신만 당하는 것 아냐? 수업 안 하고 그만두겠다고 하면 어떡하지? 강의안을 보고 또 보면서도 불안한 마음을 감출 수가 없었다. 그래도 포기하지 않고 진행했던 그 첫 시간이 있었기에 지금의 내가 있을 수 있었다.

에니어그램, 코칭, NLP를 배우고 마음 챙김 훈련을 시작하면서 나를 먼저 채워갔다. 그 마음이 흘러넘쳐 사람들에게 조금씩 알려지기 시작하면서 나는 자연스레 강사라는 이름을 가지게 되었다. 그렇다고 굵게 그어놓은 셀프 한계선이 쉽게 사라지진 않았다. '나는 느리고 부족해. 난 안 돼!'라며 자책과 초라함 속에서 한동안 힘들어 했다. 하지만 그런 나를 건져 올려준 존재 또한 '나'였다. 나는 그런 존재였다.

'어제와 똑같이 살면서 다른 내일은 기대하는 것은 정신병 초기

증세다.'

'아무것도 하지 않으면 아무 일도 일어나지 않는다.'

독서를 시작하면서 가장 먼저 눈에 들어온 명언들이었다. 어제와 똑같이 살면서 더 나은 내일은 바라는 나였다. 아무것도 선택하지 않는 것이 가장 안전한 일이라며 스스로 울타리를 쳤던 것도 나였다. 내가 얼마나 어리석었는지 지금이라도 알게 되어 너무나 감사했다. 그렇게 나는 어제와 다른 오늘을 살려고 노력했고 무엇이든 선택을 하면서 나에게 씨앗을 뿌렸다.

그렇게 여기까지 왔다.

그 누구도 아닌 내가 해낸 것이다. 실패가 무서워 아무것도 선택하지 않는 것을 선택하였다면 나는 늘 똑같은, 그날이 그날인 하루를 살고 있었겠지. 하지만 지금의 나는 나를 세상에서 제일 아끼고 사랑하고 나를 인정하는 내가 되었다.

나는 나를 그렇게 만들었다.

 10년 지기 친구들 또는 지인이 지금의 당신을 본다면 어떤 말을 해 줄 것 같나요?

커피는 감동이다

2030년.

경기도 처인구 남사면 작은 시골 아리실 카페.

나는 제자들과 함께 있다. 열띤 독서 토론이 끝난 직후라 감동이 가시지 않았다. 먼 길을 마다하지 않고 나를 찾아와 준 제자들에게 따뜻한 커피를 내리기 위해 주전자를 들었다.

"선생님이 만들어주시는 커피를 마시면 힘이 나요."

삶에 지쳐 패잔병처럼 찾아와서는 이렇게 곧잘 말하곤 한다. 오늘도 따뜻하게 데워진 커피 잔에 온 마음을 담아 본다.

"오늘 커피는 세상에서 최고로 맛있는 커피예요."

내가 만들어준 커피를 마시고 늘 행복한 미소를 지으며 칭찬의 말을 해주는 나의 제자들이다.

함께 읽은 책 속 주인공 이야기를 한다. 그동안 나의 커피처럼 진하고 감동이 있는 맛을 내어 키워왔다며 인스타그램과 블로그에 올린 본인들의 다양한 콘텐츠로 이야기꽃을 피웠다.

많은 사람을 살리는 진심 콘텐츠를 만드는 제자들이 고맙다. 그 옆에서 멋진 베레모를 쓰고 앉아 조용히 찻잔을 기울이시는 스승님의 얼굴에 목련 닮은 미소가 비친다.

"선생님! 커피 내리는 솜씨가 하나도 변하지 않으셨네요."
"우리 선생님, 정말 멋지세요!"
큰 산처럼 든든하게 서 계셔 주시는 나의 스승님! 나는 스승님을 '커피쌤'이라 부르며 스승님의 팬으로 평생 살기로 했다. 선생님을 만난 첫날 굳힌 마음이었는데, 12년이나 흘렀다.
"하하! 나는 늘 청춘이야."
선생님은 불사조 같다. 지금도 너무 건강해 보이신다. 사람들을 위해 수없이 내린 정성스런 커피 잔의 수만큼 행복한 삶을 누리고 계셔서 얼마나 다행인지 모른다. 그런 선생님을 오래오래 곁에 모실 수 있다는 게 그저 감사하다.

진심을 담아서 커피를 내려라.
커피는 감동이다.

커피는 밥값보다 비싸면 안 된다.

커피 집 문턱이 높으면 안 된다.

스승님은 늘 말씀하셨다. 그리고 만나는 사람들을 귀히 대접해 주셨다. 그런 스승님의 모습이 내 삶의 기준이 되었다. 덕분에 지금의 나는 스승님처럼, 사람들을 진심으로 섬기는 태도를 가질 수 있었다. 또한 온전함으로 사랑하는 게 무엇인지 깨달아가고 있다.

쌤이 만들어 주시는 커피의 이름은 '감동'이에요.

마음을 다해 나눠주신 커피를 수없이 마시면서 진짜 커피 맛을 배웠습니다.

감사해요.

그리고 진심으로 존경합니다.

"난 춥지도 덥지도 않아요. 난 배고프지도 배부르지도 않아요." 라고 늘 말씀하셨던 쌤의 진심도 알아가고 있습니다.

나보다 남을 더 낮게 여기는 삶, 섬김의 모습은 예수님을 닮아 계셨죠.

말보다 행동이 먼저인 사람으로 어느새 저는 선생님을 닮아가고 있었어요.

한 사람을 위해서라도 온 정성을 다해 내려주신 커피 맛을 알기에 선생님께 받은 사랑으로 저 역시 진심을 다하는 사람이 되어 가려 합니다.

선생님!

저와 저의 제자들 곁에 오래오래 함께 계셔 주세요.

사랑합니다.

 달콤한 커피 향을 닮아 있는 그대의 소중한 사람은 누구인가요?

흘러가는 사랑

강렬한 태양이 내리쬐는 가나의 수도 아크라.

8년 전, 교회 사역을 함께 했던 가나 친구들을 만나기로 했다.

20대였던 그들이 이제는 30대가 되었다.

함께 점심을 먹기 위해 가나식 볶음밥과 치킨구이로 유명한 'Papaye'라는 식당에 모였다.

"안녕하세요, 마리아 선교사님. 이게 얼마 만인가요?"

"너무 보고 싶었어요. 어쩜 옛날 그대로네요."

"무슨 소리, 이제 많이 늙었어요. 우리 애들이 벌써 대학에 갔다고!"

"하하, 정말요? 믿을 수 없어요!"

우리는 반가움과 기쁨을 감추지 못하고 목소리를 높여가며 인사를 나누었다.

"캐나다에서는 어떻게 지냈어요? 캠퍼스 사역은 잘 되고 있나요?"

"하나님이 은혜를 주셔서 몇몇 학생들과 성경을 공부하며 사귐을 나누고 있어요. 캐나다에 처음 갔을 때는 그들에게 예수님을 잘 전할 수 있을지 걱정이었는데 이제는 그들을 이해하고 사랑하는 마음을 갖게 되었어요."

"하나님이 마리아 선교사님을 축복해 주셨네요. 그곳에서도 잘 하시리라 믿었어요."

"아니에요. 저는 많이 부족한 사람이에요. 가나에 있는 동안 내 사랑과 믿음의 한계를 많이 느꼈어요. 하지만 하나님은 저를 포기하지 않으셔서 조금씩 성장하게 하셨어요. 그래서 이웃들과 학생들을 사랑하고 섬기도록 도와주고 계세요."

'네 마음을 다하고 뜻을 다하고 힘을 다하여 주 여호와를 사랑하라.'

'내 이웃을 네 몸과 같이 사랑하라.'

나에 대해 낙심이 될 때마다 하나님 말씀을 붙들고 사랑을 배우고 실천하고자 했다.

그러자 내 안에 하나님의 사랑이 담기고, 주위 사람들에게 흘러
가게 되었다.
내가 바라던 대로,
주님을 닮은 사랑의 사람이 되어가고 있다.

 당신의 사랑을 나누어 주고 있는 대상들은 누구인가요?

내 삶의 마스터

5월의 푸름이 가득한 날.

한국진로적성센터의 진로설계 마스터들 모임이 있는 삼성 코엑스의 한 회의실. 전국에 있는 마스터들과 일 년에 한 번 모임을 갖고 있다. 오늘이 바로 그날이다. 내가 존경하는 최화영 마스터님도 오신다는 소식을 듣고 기대하며 참석하였다.

"와, 마스터님!"

"이게 얼마 만이에요. 잘 지내셨죠?"

"어머, 너무 아름다워지셨어요."

우리는 안부를 묻느라 정신없이 이야기를 나누었다.

"4년 전, 마스터 과정을 할지 말지 고민하며 마스터님께 상담드렸던 일, 기억나시나요?"

나는 수줍게 미소를 지으며 말했다.

"맞아요. 과정을 잘 마칠 수 있을지에 대한 고민으로 도전하기를 망설이셨죠."

"마스터님께서 저에게 도전할 것을 말씀해주셨기에 할 수 있었어요."

"그때 김민경 마스터님의 얼굴이 지금도 생생하게 기억나네요."

"정말 감사드려요. 마스터님이 격려해 주시고 용기를 주신 덕분에 지금의 제가 있다는 생각이 들어요."

"내담자의 인생에서 너무도 중요한 일이기에 책임감을 많이 느낍니다."

쉽지 않은 과정이었다. 하지만 진로의 방황과 관계의 어려움을 겪고 있는 이들에게 해답을 찾을 수 있도록 도와주는 마스터가 되자고 다짐했다. 그리고 지금의 내가 되었다.

'아무것도 하지 않으면 아무 일도 일어나지 않는다.'

'Just do it.'

명언을 가슴에 새기고 노력했던 지난날들이 스쳐 지나간다. 내가 했으면 당신도 할 수 있다는 믿음으로 만나는 사람들의 인생이 더 빛날 수 있도록 동행해 드릴 것이다. 이렇게 난, 꿈을 이루고 꿈을 나눔으로써 더 나은 내가 되어 가고 있다.

 당신이 도움을 주고 싶은 사람은 누구인가요? 이유는요?

_____

살 만한 곳

따뜻한 햇살이 눈부신 아침. 아들과 나는 한껏 멋을 내며 외출 준비를 했다.

"엄마, 오늘 너무 예쁜 거 아냐? 다른 사람들이 엄마만 쳐다 볼 거 같은데?"

아들의 칭찬에 들뜬 목소리로 나도 말했다.

"누구 아들인지 인물도 훤하고 옷맵시도 끝내주네."

서로 멋지다고 칭찬하며 아들이 운전하는 차에 앉은 이 순간 행복함이 밀려온다.

해를 넘기고 만나는 싱글맘들의 모임에 아이들과 함께 온 사람들이 지난해보다 많아졌다. 넓은 커피숍 2층 전체를 가득 채우고 있는 사람들의 모습을 보면서 한편으로는 싱글맘의 숫자가 줄어드는 것이 더 나을 것 같다는 생각도 들었다. 그래도 환하게 웃으면서 앉아 있는 사람들을 보니 좋다.

16년차 싱글맘인 나에게 지난해에 처음 만났던 나이 어린 사람이 옆에 앉는다.

"선생님, 저는 아이랑 둘이 사는 게 너무 힘들고 무서워요. 잘 살 수 있을 거라고 생각하고 이혼했는데 살아보니까 너무 힘들어요. 어떻게 해야 할지 모르겠어요."

눈물을 펑펑 쏟는 그분을 보면서 처음 싱글맘이 되었을 때의 나를 떠올렸다. 그리고 아무 말도 하지 않고 그분의 눈물이 마를 때까지 안아 주었다. 한참을 울고 난 그분이 눈빛을 반짝이며 말했다.

"선생님, 감사합니다. 선생님 덕분에 다시 힘내서 잘 지내볼게요."

'아무 말 없이 안아주기만 했는데, 내 진심이 전달된 것일까? 무슨 위로를 받은 것일까?' 이런저런 생각을 하고 있을 때, 또 다른 분이 다가와서 내 손을 잡았다.

"선생님은 역시 우리 마음을 너무 잘 알아요. 그래서 안아 주시기만 해도 위로가 되는 것 같아요. 선생님, 앞으로도 우리들과 오래오래 함께해 주세요."

몇십 년간 독서모임을 통해 긍정 마인드를 키우고, 성공한 분들의 경험을 통해서 누구보다 나를 사랑하고 당당하게 살아온 나의 모습을 떠올렸다.

이런 내가 나와 같은 싱글맘들에게 힘이 될 수 있다는 사실에 끊임없이 배운 나 자신을 칭찬해 본다.

자화자찬에 빠지는 순간도 잠시, 아들의 그림책 읽는 목소리가 들려온다. 앞뒤로 읽는 그림책 '엄마는 내 마음도 몰라. 솔이는 엄마 마음도 몰라.'를 대학생 아들이 읽어주고 아이들은 신기한 듯 귀를 쫑긋해서 듣는다. 어떤 상황에도 엄마에게는 제일 예쁜 솔이. 솔이에게는 세상에서 제일 좋은 우리 엄마의 이야기를 들으면서 아이들은 웃기도 하고 울기도 한다.

4살 때부터 아빠 없이 엄마와 함께 자란 아들이 어느새 20살 대학생이 되었다. 16년 긴 시간을 싱글맘의 아들로 살아오면서 엄마인 내게 언제나 괜찮다고 말해 주는 마음 따뜻한 아들이 싱글맘 모임에도 함께 해 주니 나는 참 복이 많은 사람이다.

싱글맘으로 살면서 힘들고 지칠 때마다 아들을 보면서 견뎠다. 그리고 결심했다. 싱글맘의 길을 선택한 사람들에게 희망을 전해주는 사람으로 살겠다고. 4년차 싱글맘 모임을 하면서 나는 또 배운다. 비어 있는 한 곳을 서로의 사랑으로 채워가면서 세상에서 둘도 없는 엄마와 아이의 관계를 만들어 갈 수 있어서 세상은 살 만한 곳이라는 것을.

나는 내가 참 좋다.
나는 네가 참 좋다.
나는 지금 이 순간이 참 좋다.

가끔 비바람과 폭풍우에 흔들리기도 하지만, 엄마인 내 감정이 아이에게 어떤 인생을 선물할지 알기에 오늘도 당당하게 세상을 맞이하는 우리는 참 괜찮은 엄마다.

 당신을 가장 많이 닮은 사람에게 어떤 모습을 보여 주고 싶나요?

돌이켜 보니

2029년 6월, 꿈에만 그리던 하와이에 도착했다. 성공하면 우리 꼭 와보자, 남편과 기대하던 곳이다. 신혼여행도 국내로 갔던 우리 부부에게 하와이는 실제로 존재하는 곳이 맞는지 현실성 없게 느껴지는 환상의 장소였다. 하와이는 지인이 말해준 그대로였다. 모래사장이 끝없이 펼쳐져 있고, 깨끗한 공기로 가득했다. 태평양의 광활함이 기분 좋게 나를 압도해온다. 같이 온 팀원들과 그들의 가족도 즐거워하는 모습이다.

"우리가 정말 하와이에 오다니!"
"구멍가게처럼 정말 작은 곳에서 시작한 우리 회사였는데, 이렇게 하와이로 워크숍도 오고! 정말 감동이에요."

"다 여러분 덕분이죠!"

지난 5년간 눈코 뜰 새 없이 달려온 우리 모두에게 하와이는 하나의 위로였고, 또 새로운 시작을 이끌어갈 수 있는 에너지를 불어넣어 주었다. 코끝이 찡해져 왔다. 창업하고 회사를 이끌며 매일 불면증에 시달렸던 남편, 불안함을 극복하고자 매일을 최대치로 살아왔던 나. 아직 목적지에 도착한 것은 아니지만 이렇게 멋지고 아름다운 곳에서 가족과 같은 동료들과 함께할 수 있음에 감사했다.

"사업 초기에 우리 공모 프로젝트에서 다 떨어지고, 투자금은 바닥나고, 당장 전세 대출 이자도 구하지 못했을 때 기억나? 사실 우리가 이렇게 성장할 수 있을지 반신반의했었어."

추웠던 기억이지만 지금 돌이켜보면 왜 그 순간이 가장 선명하게 남아있는지 모르겠다.

"다른 방법이 없으니까 일단 끝까지 가는 수밖에 없다고 생각하고 여기까지 온 것 같아. 여기 있는 멤버들이 없었다면 갖지 못했을 확신이었어."

혼자는 절대 오지 못했을 이 길. 모두가 힘을 합치고 서로에게 할 수 있다는 힘을 주었기에 가능했던 일이다. 잘 다니던 회사를 뛰쳐나올 때, 모두가 왜 이 시기에 창업이냐며 만류했지만,

결국에 우리는 우리만의 스토리를 만들었다. 그것도 아주 성공적으로.

꿋꿋하게 잘 왔다. 분명한 목표가 있다면 그 무엇도 우리를 방해할 수 없다는 걸 증명하면서 말이다. 돌이켜 보니, 확신을 갖고 한 번에 한 걸음씩 계속 나아가는 것, 그것만이 꿈을 현실로 실현시킬 수 있는 방법이었다.

 당신이 포기하지 않고 끝까지 해보고 싶은 일은 무엇인가요?

평화의 중재자

따스한 봄.

대학교 근처 카페에서 친구들을 기다리고 있다.

카페 구석 자리에 앉아 스마트폰을 보고 있던 내 앞으로

서민이가 앉으면서 말했다.

"이야! 진짜 오랜만이다. 그치?"

"그러게. 너 얼굴 까먹을 뻔했어."

불과 30분 전에 같은 강의를 들었던 우리는 말장난을 하며

놀고 있었다.

"근데 재우는 언제 와?"

"뒤에 봐봐."

어느새 재우는 서민이 뒤에 서 있었다.

"으악! 호랑이다!"

"내가 왜 호랑이야?"

"호랑이도 제 말하면 온다는 속담이 있잖아?"

나는 친구들에게 물었다.

"그래서? 이번엔 뭐 때문에 둘이 논쟁했는데?"

"아니 글쎄, 재우가 뭐라고 하는지 알아? 만약 나, 여친, 동성친
구가 같이 밥 먹으러 갔는데 내 친구가 여친의 깻잎 절임을 떼
어주는 상황이 상관없대!"

"그게 어때서?"

서민이와 재우는 서로 자신의 생각이 옳다며
조금씩 목소리를 높였다.

나는 둘의 말다툼이 커지기 전에 중재하기로 했다.

"너네 목소리가 점점 커지는 것 같아서 그러는데 내 생각을 말
해도 될까?"

"그래. 너는 중재하는 거 잘하니까."

"그러려고 널 부르기도 했고."

"정리해보자면 서민이는 깻잎을 떼어주면 나중에 그걸로 여친이
랑 싸우게 될까 봐 안 된다는 거고, 재우는 배려하는 마음에서
깻잎 떼어주는 게 대체 무슨 상관이냐는 거지?"

"이야, 네 얘기를 들어보니까 10분 동안 이러고 있는 우리도 참

징하다, 징해."

나는 두 친구의 주장을 정리하며 이야기를 다시 나누었다.

"근데 나라면 그냥 내가 떼어줄 거 같은데… 굳이 내 친구가 떼
어주도록 가만히 있을 필요가 있을까?"

"너, 깻잎 논쟁 모르지? 내 친구가 여친의 깻잎을 떼어주는 상
황이라니까?"

아직 미숙하긴 해도 나는 최대한 상대방의 이야기를 잘 듣고
중재하려고 노력했다.

친구들뿐만 아니라 다양한 사람들을 만나면서
서로의 이야기를 경청하고 정리하며
어느새 나는 '평화의 중재자'가 되었다.

 당신에게 있는 좋은 태도는 무엇인가요?

어느 봄날의 재회

대구는 사계절이 뚜렷하다. 네 개의 계절 중에 단연 으뜸은 봄
이다.

봄 중에서도 춘삼월을 갓 넘긴 4월 초입이 가장 아름답다. 이팝
나무가 눈꽃을 피운 듯 흐드러지게 줄지어 서 있는 가창 길은,
무릉도원이 있다면 이러하리라는 감흥을 불러 일으킨다.

이름을 알 수 없는 꽃향기를 담은 봄바람을 맞으며 힘차게 페달
을 밟아본다.

꽃 대궐을 이룬 산과 들, 개나리, 진달래, 아지랑이가 나를 설레게
하지만 정작 더 내 마음을 들뜨게 하는 것은 그날의 약속이다.

그 날, 우리는 이별을 아쉬워하며 저마다 눈시울을 적셨다.

이름하여 '지농 도미 송별식'.

우리는 서로의 이름 끝 자를 따서 '농'자를 붙여 '그농, 이농, 열농, 제농...' 같은 식으로 별명을 붙여 불렀다. 노인이 되어서도 죽을 때까지 부르자며 '옹(翁)'자 별명을 만든 것이다.

이미 송별 명목으로 서너 번은 모였었는데 또다시 번개를 쳤고 순식간에 17명이 달려왔다.

40대 중반부터 60대 초반까지 제일 큰 형님이 대장, 나는 협(회)장, 회원 수는 20명, 모임의 이름은 '영바협'(영남지역 바이블협의회)이다.

처음에는 같이 운동하자며 모임이 시작되었다. 대여섯 명이 자전거 라이딩을 하면서 친해졌는데, 얼마 지나지 않아 친구에 친구를 데려오며 스무 명의 맴버가 결성되었다.

숨 쉴 새도 없이 바쁜 목회 현장에서 뭐가 그렇게 좋았던지 하루가 멀다하고 모이고 또 모였다. 탁구도 치고, 맛집도 가고, 카페를 순회하며 남자들의 수다는 끝도 없이 이어졌다. 어떤 때는 날밤을 새우며 속 깊은 얘기들까지 탈탈 털어 놓았다. 카톡이 기본 삼백 개, 길게는 천 개가 넘어간 적도 있었다. 우리의 우정은 그렇게 짙어져 갔다.

"어 영감재이 아직 안 죽고 살아있네."

짱놈이 예의 그 호탕한 웃음으로 반겨 준다.

"마누라 고만 괴롭히고 빨리 가지 머하러 아직까지 숨쉬고 있
노?"

나도 질 새라 응수한다.

"우와 대장님은 지금도 펄펄하시네요. 요즘도 두 시간 달리기 하
시능교?"

"제농은 몸매가 여전하네, 굴러다녀도 되겠다."

막말 대잔치가 펼쳐진다. 언제나 들어주기보다는 뱉어내기가 우
선이다. 쓸 말은 별로 없다.

만났다 하면 서로를 까기 바빴던 그 분위기가 그대로 유지되고
있는 게 신기하다.

미국으로 간다고 했을 때 말리지 않은 친구는 하나도 없었다.

이구동성으로 '십리도 못가서 발병 난다'는 노래를 불러댔다.

대놓고 저주와 악담을 퍼붓기도 했었다. 그렇게 헤어짐이 힘겨
웠었다.

그날 우리는 약속했었다. '십 년 뒤 다 살아남아서 잔차 끌고 최
정산 아래서 만나자'고, '그 때까지 체력관리 잘해서 정상 정복
하자'고, 다들 나이 들어가면서도 호기는 하늘을 찔렀다.

깜놀! 한결같이 10년 전 산천을 누빌 때 입었던 쫄쫄이들을 입고 등장했다. 아직 현역에 있는 막내 두세 명 제외하고는 모두 은퇴해서 할배가 되었는데 그 산을 오르겠노라고 나타난 것이다. 시차도 적응 안 된 나는 자신이 없지만 다들 의기충천해서 까짓것 오르다 죽자 싶었다.

뭘 해서 어떻게 성공하고는 애초에 우리 사이에 관심거리가 아니었다. 안 죽고, 잘 버티고, 끝까지 완주해서 건강하게 살아남아 다시 보는 것이 우리의 목표였다. 감사하게도 모두 살아 나를 반겨 주었다.

쏜살처럼 빠르게 지나간 10년의 세월 보따리를 풀어 놓으며 우리는 저마다의 사연을 들려주고 들어주느라 시간이 어떻게 가는지 모르게 행복한 시간을 보냈다.

어느새 석양은 붉은 노을을 남기고 서산 뒤로 내려갔다.

노자영 시인의 〈껴안고 싶도록 부드러운 봄밤〉을 만끽하며 최정산을 오른다.

'이만하면 여한이 없다' 싶을 정도로 행복하다.

 새로운 모임에 가입한다면 어떤 모임이 좋을까요?

봄 밤

노자영

껴안고 싶도록
부드러운 봄밤!

혼자 보기는 너무도 아까운
눈물 나오는 애타는 봄밤!

창 밑에 고요히 대글거리는
옥빛 달 줄기 잠을 자는데
은은한 웃음에 눈을 감는
살구꽃 그림자 춤을 춘다.
야앵 우는 고운 소리가
밤놀을 타고 날아오리니
행여나 우리 님
그 노래를 타고
이 밤에 한번 아니 오려나!

껴안고 싶도록
부드러운 봄밤

우리 님 가슴에 고인 눈물을
네가 가지고 이곳에 왔는가? ……

아! 혼자 보기는 너무도 아까운
눈물 나오는 애타는 봄밤!
살구꽃 그림자 우리집 후원에
고요히 나붓기는데
님이여! 이 밤에 한번 오시어
저 꽃을 따서 노래하소서.

그 모습대로

느리게 흘러가는 하얀 구름, 눈부시게 파란 바다, 철썩거리며 들려오는 파도 소리도 정겨운 오늘.

몇년 전 가족여행으로 왔던 이곳 안덕면 난드르로. 펜션 창밖으로 '박수기정'이라 불리는 수려한 해안절벽이 보인다. 바다 풍경과 밤새 바다가 들려주는 자장가 소리에 반해 여기에 세컨드 하우스를 사야겠다고 마음먹었다. 그리고 오늘은 내가 너무 사랑하는 〈더성장연구소〉 전은숙 소장님과 마마모임 대표님들을 초대한 날이다.

"우와! 정화 대표님. 여기 진짜 좋다!"

"글 쓰는 공간으로 제주도에 세컨드 하우스를 꼭 사신다더니, 그 때 말씀하시던 딱 그 집이네요."

"우릴 초대해줘서 너무 고마워요."

5년 전, 〈더성장독서모임〉에서 대표님들 앞에서 묘사했던 사진 속 그 모습 그대로 꾸민 이곳에 우리 대표님들을 초대할 수 있어서 기쁘고 기쁘다.

자기 자신이 기록한 모습대로 이루었고 이루어 가고 있는 우리 얼굴은, 자기 삶에 대한 확신과 행복으로 반짝반짝 빛이 났다. 온화한 기운도 흐른다.

"기억나세요? 제가 나 혼자는 돈이 없어도 만족하고 살 수 있을 것 같은데 우리 가족 때문이라도 돈을 벌어야겠다고 펑펑 울었던 그 날이요. 나는 열심히, 정말 최선을 다해 열심히 살았는데 상황은 왜 점점 악화되기만 하는지 너무 괴롭고 힘든 시기였죠."

내가 무엇을 잘못하고 살았나 끊임없이 의심하고 스스로 상처내면서 바닥으로 한없이 가라앉기만 하던 그때, "같이 책 읽는 모임 할래?" 나에게 건네준 한 마디가 내 삶을 바꾸어 주었다.

"나는 모든 면에서 날마다 좋아지고 있다. 세상은 내게 좋은 것을 주려고 딱 기다리고 있고 나는 그것을 가질 자격이 충분하다."

내가 포기하고 싶던 그 모든 순간들에 앞으로 한 발 더 나아갈 수 있는 힘이 되어주었다.

그래, 여기까지 잘 왔다.
우린 우리가 간절히 바라던 그 모습대로, 우리가 말하던 그 모습대로, 우리가 기록한 그 모습대로 '먼지 같은 성공'을 하루하루 잘 모아 '태산처럼 큰 성공'을 이루었다.

'먼지 같은 성공'은 《더 마인드》의 저자, 하와이 대저택님의 표현을 빌려왔어요.

 당신의 미래를 응원해 주고 있는 세 사람의 이름을 적어볼까요?

엄마의 밥상이 이루어낸 가족여행

엄마, 아빠를 모시고 대구국제공항 입구에 들어섰다. 기용이와 은미가 캐리어를 끌고 막 들어서고 공항 안쪽에서는 은경이와 제부가 먼저 와서 아이스 아메리카노를 들고 기다리고 있다.

부모님과 5남매가 겨울 여행길에 나선다. 여행사 직원과 통화 후 패딩을 허리춤에 감고 커피 한 모금에 이마를 훔쳤다. 수속을 밟으러 가는 등 뒤에서 들려오는 엄마 목소리가 정겹다. 공항 안을 세낸 듯 들뜬 엄마 목소리에 아빠는 소리를 낮추라고 엄마 옆구리를 찔렀을 것이다.

"엄마, 여권은 잘 챙겨왔죠?"

"그럼. 은미야, 인천으로 갔으면 네가 편했을 텐데 대구까지 오라 해서 어쩌냐?"

"괜찮아요. 기용이네까지 버스 타고 대구까진 같이 와서 편하게 왔어요."

"형은 일본으로 바로 온다고 했어요."

"바쁠 텐데 가게를 비워도 되려나…."

"엄마, 요즘 기철이 잘 나가요. 뉴욕 한복판에다가 한국식 스시 전문점 차렸지, 뉴저지랑 체인점이 다섯 개야."

"오빠는 일본도 시장 조사 겸 오는 거라 식당 예약도 오빠가 다 했잖아."

성인이 된 후 부모님과 5남매가 다 모이는 일은 내 결혼식 이후 처음이다. 아이들도 남편도 올케들도 없이 부모님과 5남매만의 효도여행이다. 제부의 배웅과 조금 더 일찍 함께했어야 하는 아쉬움을 뒤로 들뜬 미소를 지으며 우린 쉴 새 없이 이야기하며 비행기에 올랐다.

엄마는 육십이 되고부터는 가족 모임 밥상 차리기에 애를 더욱 쓰셨다. 명절마다 절기마다 이유를 만들어서라도 가족끼리 한 상에 둘러앉아 밥을 먹고 싶어 하셨다. 한 끼를 네다섯 번 차려도 당신이 만든 음식을 먹이고 싶어 하시는 엄마.

드디어 엄마의 소원이 이루어진 날이다. 5남매와 함께하는 여행은 엄마의 정성스런 밥상이 이루어낸 쾌거였다.

"바빠서." 말 한 마디로 엄마의 기다림을 수도 없이 무너트렸던 날들, 누나들 때문이라는 막내의 투정, 엄마의 깊은 주름이 오버랩되었다.

"야야, 지금이라도 다 함께 오니 얼마나 좋노? 하나 오면 하나 빠지고 그랬는데…. 이렇게 다 함께 여행을 갈 수 있는 날이 올 줄 몰랐다. 집 떠나면 죽는 줄 아는 니 아빠도 함께 가고, 참. 세상 별 일이 다 있네. 좋다, 좋아."

보름달 같은 환한 미소 사이로 엄마의 큰 소원이 이루어졌다.

"엄마. 미국, 유럽, 동남아는 가 보셨으니 이젠 러시아, 아프리카도 가 보셔야지? 해외 등반도 하시고."

"우리 엄마가 최고다. 우리보다 더 도전적이야!"

매번 무너지던 가족여행 계획이었지만, 맛난 밥상으로 우리 가족이 함께할 수 있는 시간을 묵묵히 지켜낸 엄마의 기다림이 승리한 것이다.

가정의 달이면 열심히 불렀던 찬송가가 있다.

그 감사 찬송이 종일토록 노래하게 한다.

가족의 행복.

어머니의 사랑.

내 평생 녹아나고 자녀들에게도 물려 줄 귀한 유산이 되길 기도
한다.

사철에 봄바람 불어 잇고
하나님 아버지 모셨으니
믿음의 반석도 든든하다
우리 집 즐거운 동산이라
어버이 우리를 고이시고
동기들 사랑에 뭉쳐있고
기쁨과 설움도 같이하니
한간의 초가도 천국이라
아침과 저녁에 수고하여
다 같이 일하는 온 식구가
한상에 둘러서 먹고 마셔
여기가 우리의 낙원이라
고마와라 임마누엘
예수만 섬기는 우리 집
고마와라 임마누엘
복되고 즐거운 하루하루

어머니의 넓은 사랑 귀하고도 귀하다
그 사랑이 언제든지 나를 감싸줍니다
내가 울 때 어머니는 주께 기도드리고
내가 기뻐 웃을 때에 찬송 부르십니다

아침저녁 읽으시던 어머니의 성경책
손때 남은 구절마다 모습 본 듯합니다
믿는 자는 누구든지 영생함을 얻으리
들려주신 귀한 말씀 이제 힘이 됩니다

홀로 누워 괴로울 때 헤매다가 지칠 때
부르시던 찬송 소리 귀에 살아옵니다
반석에서 샘물 나고 황무지에 꽃피니
예수님과 동행하면 두려울 것 없어라

온유하고 겸손하며 올바르게 굳세게
어머니의 뜻 받들어 보람 있게 살리라
풍파 많은 세상에서 선한 싸움 싸우다
생명시내 흐르는 곳 길이 함께 살리라

가족과 함께 이루고 싶은 소원 한 가지는 무엇인가요?

비빔밥

각자의 존재들이 모여 하나를 만들어 낸다.

작가님들과 함께 하는 글쓰기 시간은 그러했다.

글과 말에서

아삭아삭 소리가 나고

푸릇푸릇 새싹이 돋았으며

구수한 맛에 매콤한 향이 났다.

글이란 게 그러했고 말이란 게 그러했으며 존재라는 게

그러했다.

예쁘고 성실한 모양새들.

우리는 먹고 사는 것만큼이나 글쓰기를 일상처럼

그리고 중히 여겼다.

'평범함이 비범함이다.'라는 글귀를 좋아했다.

우리의 글과 말이 타인들의 뱃속과 영혼 속으로 들어가

"아, 맛나다." 한 문장 뱉어낼 수 있을 때,

그때 우리는 웃었다.

희로애락 우리를 비비고 비벼 탄생한 '작가'라는 업을 가진 우리는

그렇게 또 웃는다.

 이번 주, 밥 한 그릇 대접하고 싶은 소중한 사람은 누구인가요?
이유는요?

부엔 까미노

2029년 봄.
스페인 산티아고 순례길 평원.
마음으로 경험한 자유를 몸으로 경험하기 위해 여행을 왔다.

드넓은 초록 벌판과 각양각색의 꽃, 맑고 푸른 하늘.
평온함과 자유로움이 가득 차오를 때마다 머릿속에 떠오르던 풍경이 지금 눈앞에 펼쳐져 있다.

"왜 이렇게 일찍 나가요? 그렇게 서두를 필요 없지 않아요?"
"발은 좀 어때요?"

"아프긴 하지만 걸을 만해요."

"부엔 까미노(좋은 길 되세요)."

새벽 5시에 길을 나서는 나에게 왜 그렇게 서두르냐고 함께 묵은 여행객들이 묻는다. 여유 없이 사는 것처럼 보이겠지만, 여유를 만끽하기 위해서다. 새벽의 고요함을 누릴 수 있고, 다음 알베르게(숙소)에 태양이 뜨거워지는 오후 2시 이전에 도착할 수 있기 때문이다.

해 뜨기 전이 가장 어둡다고 하지만 곧 해가 뜰 것임을 알기에 오히려 설레는 새벽 시간이다. 온몸에 스며들듯 새벽빛을 받아들인다. 서서히 떠오르는 태양은 나를 우주의 일부로 오롯이 느끼게 해준다.

"월세 들어오는 건물 하나쯤은 있어야지!"

5년 전, 경제적 자유를 위해 급여처럼 월세가 들어오는 부동산 하나쯤은 당연히 있어야 하는 것으로 생각했다. 하지만 생각했던 것처럼 자유롭지 못했다. 관리하고 신경 써야 하는 대상만 늘린 것과 같았다. 아무리 처음 선택을 잘했다 하더라도 예측할 수 없는 부동산 정책과 세입자에 얽매여 있는 건물주의 삶이었다. 자유로워지고 싶어서 얻은 부동산이 신경 쓰고 챙겨야 하는 짐이 되었다. 적성에 맞는 일이라면 괜찮겠지만 나에겐 그렇지 않았다. 내가 원하는 자유가 아니었다.

글쓰기도 여러 번의 퇴고가 필요한, 신경 쓰이는 일이지만 그것이 나에게 주는 의미는 다르다. 글쓰기는 나를 탐험하는 시간이었고 글을 다듬을수록 간결하게 매끄러워지는 과정에서 즐거움을 느낀다. 쉽지 않지만 글쓰기가 즐거운 이유는 세상에서 가장 가까운 '나'를 만나는 시간이기 때문이다.

여행은 일상에서 벗어나 다른 상황에서 새롭게 만날 '나'가 기대되기 때문에 늘 꿈꾸게 된다. 특히 산티아고 순례길을 걷는 사람들은 처음 만나더라도 정이 간다. 다른 여행지보다도 더 자신을 만나고 싶은 사람들 간의 동질감이 느껴지기 때문일 것이다.

입지 않고 옷장에 자리를 차지하고 있는 옷들, 언젠가 읽으려고 사둔 책들, 하고 싶은 것이 많아서, 나중에 필요할 거라며 배우고 준비해 왔던 것들.
얼마나 많은 것들을 떠안고 살았던가? 산티아고 순례길을 걸으면 살아가는 데 그리 많은 것이 필요하지 않다는 것을 몸으로 경험하게 된다.

불필요한 짐을 내려놓는 경험

물의 흐름처럼 자연스러운 만남과 헤어짐

길 위의 사람들과 위로와 응원을 나누는 경험

매번 상상만 해온 풍경 속에서 누리는 마음의 편안함

순례길에서는 오로지 노란색 화살표와 가리비 표시만 따라가면 된다. 우리가 눈치채지 못했을 뿐, 어쩌면 일상에서도 많은 표시가 우리를 인생의 목적지로 안내하고 있을 것이다. 설령 우리가 그것을 발견했더라도 그것을 의심의 눈빛으로 바라보기 때문에 선뜻 따라가지 못하는 것은 아닐까?

'내 안에 있는 것을 찾아라.

그리고 세상에 그것을 보여주어라.'

| 랄프 왈도 에머슨 |

오랜 시간 밖에서 나를 찾으려 했다. 파도에 흔들리는 배처럼 불안했다. 이제 나는 새롭게 태어났다. 나를 관찰하고 발견하면서 글을 쓴다. 파도의 흔들림도 서핑을 타듯 즐길 수 있게 되었다. '나'에 대한 믿음과 사랑으로 성장과 편안함을 즐길 수 있는 마법을 세상에 나누는 내가 되었다.

당신은, 당신의 어떤 모습을 찾고 싶으신가요?

그리고 그것을 누구와 나누고 싶은가요?

당신의 앞길에 행운이 함께하길.

부엔 까미노.

나와 이야기하자

어느새 시간이 흘러 은퇴를 했다. 늦가을과 함께하는 오늘이다. 조용하고 아늑한 별장에서 자연을 바라보며 감사기도를 드렸다. 바람에 살랑거리는 나뭇잎 사이로 따스한 햇살이 낙엽을 더욱 선명하게 비추어 주었다. 다람쥐는 도토리 열매를 찾아 이리 뛰고 저리 뛰며 분주하게 겨울을 준비하고 있다.

"우와! 멋지다."
남편은 자연의 신비와 아름다움에 감탄사를 연발했다. '주 하나님 지으신 모든 세계 내 마음속에 그리어 볼 때' 찬양을 부르면서는 눈가에 이슬이 맺혔다.

"저는 예수 그리스도 하나님의 아들입니다." 고백하며 나와 가족, 내 이웃을 위하여 기도회를 준비하고 있다.

"사모님, 안녕하세요? 사모님 얼굴이 더 고와지셨어요."
"전도사님도 건강하시죠?"
우리는 새들이 놀랄 정도로 큰 소리로 서로를 반겼다. 성령 충만한 사모님과 하나님의 자녀로 기도의 자리에 함께할 수 있어 감사하다.
"이곳에 하나님이 우리와 함께 계시니 더욱 감사합니다."
잠시 사모님의 옛 모습을 회상해 본다. 사모님은 할 일이 많음에도 틈만 나면 기도하신다. 컨디션이 좋든 싫든, 장소가 어디든, 누가 있든, 기도로 삶을 충만히 채우시는 분이다. 사모님의 기도는 하나님께서 허락하신 시간에 순종하는 모습이었다. 그리고 목사님의 사역과 교회의 안녕을 있게 하셨다.

기도의 중요성은 알고 있었지만 게으름으로 조금씩 미루고 있던 터였다. 내 영혼이 나를 알고는 탁한 생각과 감정으로 신호를 주고 있었다. 그럴 때면 무기력함이 밀려와 자존감이 땅에 떨어졌다. 또한 겸손이 지나쳐 교만이 되기도 했었다.
'내 안에 나를 더 알고 사랑하자.' 무엇보다 하나님이 주신 정체성을 다시금 깨달아야 할 시점이었다. 하나님께 죄송하여 회개

하였다.

'내가 너를 불렀어!'
'사랑하는 유명순. 나와 이야기하자.'
'내가 너를 지명하여 불렀나니 너는 내 것이라.'
이곳은 만민이 기도하는 집이라고 하나님의 음성이 들리는 듯
했다.

하나님은 원하고 계신다.
오늘도 변함없이 하나님을 의지하기를.
현재와 앞날을 기도로 하나님 앞에 숨김없이 기도하기를.
나는 다시 말씀에 순종하며 무릎으로 나아간다. 기도하시는 사
모님을 닮고 싶어 지금 기도의 자리에 머무르고 있다. 기도의
동역자들과 함께 기도하는 무릎으로 하나님의 사랑을 전파하고
있다.

여기까지 잘 왔다. 이 모든 것은 은혜 위에 은혜로다. 점과 점
이 이어져 선을 이루고 선들이 모여 면을 이루듯, 작은 씨앗이
땅에 떨어져 자라 아름다운 꽃이 피어 열매를 맺는다. 처음에는
한두 명으로 시작하였으나 이제는 여럿이 모여 기도를 이루는
큰 무리가 되었다.

'철이 철을 날카롭게 하는 것 같이 사람이 그의 친구의 얼굴을 빛나게 하느니라.'(잠 27장 17절)

하나님은 기도로 우리를 묶어 주셨고 서로의 인격을 성장시키고 성숙하게 하셨다. 이 세상을 살아가는 모든 순간, 하나님께 감사드린다. 또한 기도할 수 있음에 감사드린다.

하나님께서 나를 향하여 '기특하다,' '수고 많았다.'하시며 안아 주시는 것 같다. 주님의 포근함에 안겨 미소를 지어본다.

 당신은 무엇을 위해 기도하고 계신가요?

물들다

2027년, 좋은 일이 한꺼번에 오다니!

그동안 재테크로 투자해 놓은 토지가 좋은 가격으로 매매되었다. 내 입가엔 미소가 떠나질 않는다. '그때 내가 잘 선택했네.'라며 머리를 쓰다듬어 본다.

멋진 네트워크를 통해 건강한 부의 공동체를 이루고 나니 생각한 것을 실행으로 옮기는 데 아무 문제가 없다.

오늘은 필리핀 알라방에 있는 나의 세컨드 하우스에서 연말을 즐기기 위해 모이는 날이다. 가끔 쉬고 싶을 때 혼자서 오는 곳인데, 사랑하는 나의 동료 상담사들을 초대할 수 있음에 감사하다.

오시는 분들을 위해 3일 전부터 마당에 파티 분위기를 내려고 테이블과 테이블보로 한껏 꾸몄다. 볼만한 소품들도 곳곳에 설치하고, 정원도 화려하게 단장하였다. 맛있는 음식을 준비하느라 가정부들의 발걸음은 분주하다.

이날을 위해 다이어트와 웨이트로 몸을 건강하고 아름답게 만들려고 노력했는데 꽤 만족스럽다.

하늘하늘 살랑거리는 짧은 쉬폰 드레스로 준비를 끝냈다.

사람의 마음을 치유하는 업을 가지고 보람을 얻는 동료들이다. 오늘은 이들의 마음을 내가 기쁘게 해주고 싶었다. 함께 즐기기 위해 장(場)을 마련한 것이다.

딩동.

벌써 도착한 모양이다.

"와! 어서들 와요."

만나는 장소가 달라지니 만나는 느낌도 다르다.

"오, 드레스 드레스, 뭐야 뭐야?"

흠칫 놀래면서도 나를 놀리기 바쁘다.

"여러분의 드레스도 준비되어 있다고요."

"꺄!" 돌고래 가족이 자나가나 싶을 정도로 비명을 질러댄다.

내가 하고 싶은 일을 하고 싶었고, 세 아이도 잘 키워 보고 싶어서 밤낮없이 시간을 쪼개어 쓰던 시절이 떠오른다.

힘겨운 나날에도 포기하지 않고 묵묵히 걸어온 내 인생의 선물이 되어주는 오늘이다.

경제적 자유를 누리면서 스트레스 없이 좋아하는 일을 마음껏 한다는 것,

마음 밭이 비슷한 사람들과 갈등 없이 원만한 인간관계를 유지하는 것,

늘 사랑하고 배려하며 자존감 높은 사람으로 살 수 있음에 감사하다.

넉넉하게 베풀 줄 아시는 엄마의 큰 손, 리더로서 편안함과 안정감을 장착하고 계시는 디자인 실장님, 독보적인 강의와 상담력을 갖고 있는 우리 상담사들을 늘 동경하다 보니 나도 비슷한 사람이 되어 있었다.

 당신은 어떤 사람에게 물들여지고 싶나요?

아름다운 성장

8월이라 그런지 아침부터 해가 쨍쨍 내리쬔다.

마침 쉬는 토요일 아침을 신선한 야채와 채소로 함께 하고 싶었다.

그래서 서둘러 마당 앞 텃밭으로 나갔다.

통실통실한 토마토와 싱싱한 오이, 상추, 깻잎, 고추를 먹을 생각에 신이 났다.

조심스레 토마토를 따고 있는데 "계십니까?" 하는 소리가 들렸다.

'아침부터 누굴까?' 하며 일어나 허리를 폈다.

"안녕하십니까! 이모 조카 우주입니다."

"하하하! 우리 멋진 우주 아니야?"

옆에 있던 작은 조카 녀석도 한마디 한다.

"이모, 별이도 왔어요."

"너무 반갑다. 어떻게 이렇게 더운데 아침에 왔니?"

"일단 이것 다 따가지고 같이 밥 먹자."

조카 둘과 나는 채소를 가지고 주방으로 들어갔다.

식탁에 앉았을 때 조카 아이들이 케이크와 꽃을 선물이라며 내밀었다.

"이건 또 무슨 일이라니?"

"오늘 이모 생신 아닌가요? 카톡에 쓰여 있던데?"

일단 고맙다고 인사하고 식사를 챙겼다.

다 같이 자리에 앉은 후 내가 말했다.

"우주, 별이 너희 둘 정말 고마워. 근데 진짜 생일은 음력이라 9월이야."

불고기와 신선한 채소로 야무지게 한입 가득 맛있게 식사를 하고 과일을 내왔다.

"우리 귀염둥이들이 어떻게 이렇게 기특한 생각을 했을까? 궁금한데 말해줄래?"

동생의 자녀들인 남자아이 둘이서 꽃과 케이크를 들고 이모를 찾아오기는 쉽지 않은 일이라 너무 궁금했다.

큰아이인 우주가 쑥스러워하면서 말했다.

"제가 지금 중학생이잖아요. 어릴 적부터 이모가 많이 놀아줬고 지금도 많이 챙겨주셔서 감사해요. 중학교 1학년 때 엄마 말 잘 안 듣고 공부도 안 하고 친구 따라다니면서 좀 그랬잖아요.

그때 이모가 제 이야기 다 들어주고 친구는 정말 중요한데 친구보다 네가 더 중요하다고 하셨죠. 그리고 저희 학교에서 특강도 하셨잖아요. 친구 따라 강남 가지 말고 자신을 잘 키워서 정말 하고 싶은 일 하라고요. 그래서 그때 마음을 바꿨어요. 공부 열심히 해서 강남 말고 외국 가려고요. 혼자 오기 그래서 동생까지 데려왔어요."

조카 아이의 말을 듣는 내내 가슴이 뭉클했다.

이렇게 자랑스럽고 멋있게 자라고 있는 조카가 대견했다.

동생은 몸이 약하고 늦게 결혼하면서 남자아이 둘 키우는 게 쉽지가 않았다.

과잉보호에 버릇도 없어지고 게임에 몰두하는 아이를 걱정했었다.

나도 마음 한편엔 늘 조카들이 있었다.

그래서 육아와 교육에 관련된 프로그램을 보며 어떻게 적용할지 고민했었다.

이렇게 듬직하게 잘 자라고 있는 조카를 보니 눈물 나게 고마웠다.

사람마다 속에 있는 보석은 다르다.

그 보석을 꺼내어 주는 일은 참 보람 있는 일이다.

사람이 변한다는 건 참 근사하고 멋진 일인 것 같다.

사람을 존중하고 인정한다는 건 끝까지 믿어주는 행위이다.

중간에 흔들리기도 했지만 그럴 때마다 같은 모임의 선생님과 멘토들이 함께 격려하며 위로해 주었다.

인간은 그럴 수 있다고 그러나 우리를 지으신 분이 우리와 함께 하신다며 안아주었다.

그렇게 나도 교육을 받는 아이들도 아름답게 성장해 나가고 있다.

 함께의 힘은 강합니다. 당신은 지금 누구와 함께하고 있나요?

내 인생 최고의 친구

2028년 9월 6일. 결혼 30주년 기념 여행 중이다.

오늘 일정은 이탈리아 피렌체다. 아, 웅장하다. 메디치 가문의 건물이 몇 채인지 모를 정도다.

"역시 대단하다. 그렇지?" 잔뜩 신이 난 남편이 물었다.

"그러게. 사진이나 TV 화면으로만 보다가 직접 보니 신기하네."

"가이드한테 사진 찍어달라고 하자."

지난번 사진으로 가져왔던 로마의 푸른 하늘은 참으로 예뻤다.

바다의 도시 베네치아에서는 동영상도 많이 찍었다.

"고마워. 30년 동안 우리 가족을 위해 열심히 살아줘서."

남편의 손이 따뜻하다.

"언제나 나를 좋아해주고 격려해줘서 고마워."

든든한 남편 어깨에 고개를 기대며 답했다.

벌써 결혼 30주년이라니 세월이 화살처럼 빠르다.

"우리, 싸우기도 많이 했지?"

"치열하게 싸웠지."

"이런 날이 올 줄 몰랐네."

남편은 홈쇼핑 여행상품을 보며 늘 여행을 가고 싶어 했다.

"올해만 벌써 네 번째 여행이야."

"크리스마스는 꼭 여행 예약했지?"

"우리 그동안 열심히 살았으니 이제 여유롭게 즐기자."

"가화만사성이라고 우리가 화목해서 아이들도 잘 되고 우리 사
 업도 잘된 것 같아."

"앞으로도 가장 가깝고 소중한 가족한테 제일 잘하자."

"당신이 나의 베스트 프렌드야."

"우리 가족이 내 인생 최고의 친구야."

미켈란젤로 광장을 그림처럼 아름답게 물들이고 있는 노을은 우
리 부부의 대화를 닮아 있었다.

 당신에게 가장 소중한 사람은 누구인가요?

삶을 예술로 가꾼 사람들

팔공산 자락에 위치한 줌마대학교. 5월의 봄 햇살이 따사롭게 비치고 있다. 삶으로 가르침을 직접 보여주신 스승, 아침햇살님과 독서모임 벗들을 만나는 날이다. 줌마대학교는 넉넉하고 평화로운 공간이 되었다.

"스승님의 말씀 중, 삶을 예술로 가꾸라는 문장이 저를 이곳으로 오게 하였습니다. 모실 수 있어서 큰 영광입니다."
맨발로 뛰어나가 스승님을 맞이하였다.
"멋있다! 평화님답게 잘 가꾸었네. 보기 좋다!"
스승님이 나의 등을 두드려 주셨다.

"어서 오십시오. 방문하여 주셔서 큰 영광입니다."

남편도 스승님과 인사를 나눈 후 정성스레 가꾼 정원을 지나서 농장 곳곳을 안내하였다.

"총장님, 이곳으로 와 보고 싶었습니다. 공기도 좋고 풍광도 좋고 멋진 곳에 초대해 주셔서 고맙습니다."

함께 공부한 벗들, 마스터마인드 그룹 사람들이다. 한 사람 한 사람 포옹하며 맞이하였다. 우리들의 밝은 미래를 예언하듯 봄 햇살은 더욱 멋진 미소를 보여 주었다.

3년 전 이 부지를 매입할 때 남편과 자녀들이 걱정스런 말을 했던 게 생각났다.

"이미 집도 있고 팔공산에 땅도 있는데 굳이 더 넓히는 것은 맞지 않다고 생각해요."

"일 더 만들지 말고 편안하게 살면 좋지."

나 역시 혼란스러웠다. 그리고 결심했다.

"라보레무스!('자, 일을 계속 하자'라는 뜻의 라틴어) 나는 일을 할 거야. 농사도 짓고 책도 읽고 글도 쓰고 요리도 하고 맨발 걷기도 할 거야. 주차 공간도 넉넉하게 만들어서 오는 사람도 편히 쉬어 갈 수 있게 정원도 가꾸고 싶어."

나의 꿈이니까 해 보겠다고 가족들을 설득하였다.

"당신과 내 건강을 생각하며 선택했어요. 자녀들과 후배들이 마음껏 춤추고 마음껏 웃고 마음껏 울 수 있는 공간으로 만들고 싶어요."

이제는 남편과 아들, 딸이 나의 가장 큰 버팀목이 되어 주고 있다.

Live on the edge.

Keep going.

가장 자리에서 살아라.

계속 나아가라.

새벽에 이 말을 옮겨 적는데 눈물이 났다. 쉽지 않은 길을 계속 나아가는 자신에게 측은지심이 생긴 것이었나?

자신의 운명을 사랑하라.

아모르파티.

나는 내 운명을 사랑하기로 결심했다.

그리고 지금도 좋은 사람들과 함께 삶을 예술로 가꾸고 있다.

 '삶을 예술로 가꾼다.'라는 것은 어떻게 산다는 뜻일까요?

일석삼조

2027년 봄, 제주도.

서귀포 앞바다가 내려다보이는 감귤농원 카페. 귤나무 아래로 송골송골 맺힌 노란 유채꽃 망울들을 어루만진다. '이제 곧 노랑 들판이 되겠지.' 입가에 미소가 번진다. 살랑이는 춘풍, 눈을 들어 바라본 푸른 바다는 하늘과 맞닿아 경계를 알 수 없다.

5년 전보다 더 건강해진 근육질의 몸매를 자연 앞에서 한껏 자랑해 본다. 몸에 달라붙는 녹색 원피스를 입고, 설레는 마음으로 나무 의자에 앉았다. 단단한 허벅지와 튼튼해진 무릎으로 제주 올레길을 두 번이나 완주했다. 올가을에는 남편과 함께 유럽 순례길을 준비하고 있다. 상상할 수 없던 일이 일어난 것이다. '감개무량하다.'라는 말은 이런 때를 두고 하는 말일까?

"백미정 작가님. 이정숙 대표님. 이렇게 제주도에서 뵈니 더 반가워요!"

제주살이를 한 지 한 달이 지나 보고픈 얼굴들이 막 그리워지기 시작했다. 무슨 말을 먼저 시작해야 할까? 망설임도 잠시, 이내 꺼내놓은 이야기보따리는 그칠 줄을 모른다.

"백 작가님! 해외 콘퍼런스 강의, 성공리에 마쳤다는 소식 들었어요. 혹시 6년 전 저의 모습 기억하시나요?"

나는 위장이 고장 났고, 병실에서 백미정 작가님의 글쓰기 강의를 숨죽여 듣고 있었다. 그것이 백 작가님과의 첫 만남이었다. 그 후 본격적으로 나의 글쓰기가 시작되었다.

백 작가님의 소개로 이정숙 대표님의 첫 개인 저서 《모닝 페이지》를 읽게 되었다. 나의 전화에 마치 오래 알고 지낸 친구처럼 반갑게 응해 주셨던 분, 이정숙 작가님이다.

"3년 전, 생각지도 못했던 새로운 일을 시작했을 때, 주위 사람들의 생소한 눈길이 내 마음을 얼마나 쪼그라들게 했는지 몰라요."

가장 가슴 아팠던 순간은 내가 그동안 지켜왔던 신앙심도 버린 사람처럼 여길 때였다.

"모든 관계를 다 포기하고 싶을 만큼 힘들었어요. 가까운 친구들조차 저를 걱정스레 바라보았지만, 남편만은 저를 믿고 기다려 주었어요."

'기회는 선물이다.'

내 가슴에 박히게 된 명언이다. '과연 성공할 수 있을까?'라는 의심을 떨쳐버리고 늦은 나이임에도 용기를 내게 해 주시고 지금의 내가 있게 해 주신 두 분께 고마운 마음은 이루 말할 수 없다. 또한 우리를 만나게 하신 하나님께 무한 감사드린다.

하루에 책 한 권 읽기에 도전하여 성공했다. 그리고 나의 인생 버킷리스트 중 하나였던 개인 저서도 베스트셀러가 되었다. 나는 더욱 건강을 되찾았고 건강 마인드 인맥으로 경제적인 부까지 얻게 되었다. 그야말로 일석삼조의 삶을 살아가고 있다.

용기 있는 자만이 쟁취하고 성공한다는 사실을 체험했다. 용기를 내었던 나는, 가장 가까운 존재인 '나'와의 사귐에 성공한 멋진 내가 되었다. 그래서 나뿐만 아니라 다른 사람의 인생도 소중히 여길 줄 아는 내가 되었다.

 새로운 인간관계를 만든다면, 어떤 사람과 사귀고 싶나요?

고마워 컴퍼니

전국 100개의 〈고마워 컴퍼니〉 대표님들과의 만남이 있는 날.

파릇파릇 여린 잎들이 춤추며 평온한 아침을 선물하는 봄날의
싱그러움.

서울 신라 호텔에서 5주년 행사 이벤트로 바쁜 시간을 보내고
있었다.

"대표님, 아주 멋져 보여요."

"세상에! 사랑으로 가득한 얼굴이 빛나요."

환한 미소와 빛나는 얼굴로 한 분 한 분 들어오시는 대표님들을
환영했다.

전국에서 고사덕행(고마워요 사랑해요 덕분에요 행복해요)을 전하고, 기록 파워로 풍요로운 성장을 돕는 고마워 컴퍼니 대표님들.

누군가의 삶을 돕고 나눔 덕분에 축복받으며 살아가는 주인공들.

5년 전, 1인 기업가로서의 브랜딩 방법을 몰라 방황했던 그들이 아니었던가!

"대표님, 저 좀 도와주세요. 정말 돈을 벌고 싶은데 방법을 모르겠어요. 나만의 콘텐츠를 만들어 사람들을 도우며 저도 대표님처럼 부자가 되고 싶어요."

동탄에 위치해 있는 〈고마워 컴퍼니〉에 와서 도움을 요청했던 대표님들에게 최선을 다하여 컨설팅해 주었던 시간들.

"고디(고마워 디자이너) 대표님이 먼저 삶으로 보여주시고 방법을 알려주셔서 감사해요. 다시 시작해 볼게요."

일대일 맞춤 컨설팅으로 강의 기획, 프로젝트 기획, 관계마케팅 방법 등을 도움 주었을 뿐인데 그들은 존경받는 1인 기업 멘토로 멋지게 성장했다.

"먼저 주라. 끝!"

"고마워로 모든 것을 표현하라."

가장 존경하는 멘토의 가르침을 삶에서 실천하고 꾸준히 걸어왔던 나날들.

고마워요.

사랑해요.

덕분에요.

행복해요.

고사덕행을 외치며 여기까지 잘 걸어왔다.

그리고 나와 함께하는 1인 기업가 모두, 이 세상에서 가장 소중한 말 한마디로 누군가에게 고마운 존재로서 〈고마워 컴퍼니〉 대표님들이 되었다.

 지금 당신은 누구를 어떻게 도와주고 있나요?

믿음

2027년, 육아휴직을 시작했다. 막내 딸아이 초등학교 입학을 하면서 잠시 휴식기를 갖게 되었다. 딸아이를 농촌에 있는 초등학교로 보내기로 결정하고, 근처에 작은 집을 얻어 생활하고 있다. 전라북도 완주, 갤러리 카페에서 어린이집 원장님을 만나기로 했다. 대나무 숲을 지나 고택 들마루에 앉아 살랑이는 봄바람이 기분 좋은 오늘이다.

"선생님, 잘 지내고 있었어? 얼굴 너무 좋아 보인다."
"시골 공기가 너무 좋아서 더 이뻐졌죠? 보고 싶었어요, 원장님!"
"나도, 나도. 원에서 나도 모르게 급하면 '원감~'하고 찾고 있어.

빨리 왔으면 좋겠지만 꾹 참고 있어."

"바쁘죠? 그래도 선생님들이 잘할 테니까 저 1년만 쉬는 걸로요."

육아휴직을 배려해 주신 원장님 덕분에 1년 동안 막내 딸아이를 시골에서 적응시키며 지낼 수 있는 시간을 갖고 있다.

막내 딸아이가 농촌유학센터에서 생활하는 것을 두고 남편과 많이 고민했다. 아직 떨어져서 지내기에 어린 나이였기 때문이다. 하지만 대전에서 초등교육부터 시작하자니 경쟁이 치열한 것을 알기에 사교육에 눈길을 돌리지 않을 자신이 없었다. 일하는 엄마와 함께 어린이집, 유치원을 아침마다 전쟁 치르듯 등원시키고 출근했다. 울부짖으며 더 자고 싶다는 아이에게 혼을 내고 다그치며 억지로 보낸 날도 허다하다. 그런 엄마의 치열한 삶에 어린 딸아이도 덩달아 숨 가쁘게 살았다. 딸아이가 커 갈수록 경쟁 사회에서 더욱 숨이 찰 것을 안다. 숨을 고르며 자연과 함께 조금은 여유를 가질 수 있는 시간을 선택했다. 분명 이곳에서도 시간을 아끼며 살게 될 테다. 하지만 딸아이의 꿈과 비전이 이곳에서 아름답게 그려질 것을 기대한다.

나의 꿈과 비전을 두고 기도할 때 이 말씀, 찬양을 마음에 새겼다.

'나의 길 오직 그가 아시나니 나를 단련하신 후에 내가 정금같이 나아오리라.' (욥기 23장 10절)

'하나님의 꿈이 나의 비전이 되고, 예수님의 성품이 나의 인격이 되고, 성령님의 권능이 나의 능력이 되길 원하고 바라고 기도합니다.'

나뿐 아니라 자녀들을 위해 기도할 때도 이와 동일하다.

그래서 나는 나와 자녀들의 삶은 하나님이 인도하신다는 믿음을 가질 수 있다.

 당신의 삶을 리드하는 리더는 누구인가요?

가능성의 시간

2027년 10월 1일 금요일.

시작 3분 전이다.

"대표님, 이제 준비하시면 됩니다!"

커튼 사이로 보이는 500석 넓은 강연장이 온기로 가득 채워졌다. 내가 처음으로 강의했던 순간이 떠오른다.

"나는 김미경 강사다. 나는 최고의 강연을 한다!"

이동하는 차 안에서 수십 번 외쳤다. 자기 최면은 꽤나 효과적이었다. 이제는 확언을 외치지 않아도 될 만큼 단단한 내가 되었다. 그리고 내 삶의 이야기를 책으로 출간했다. 내 강의를 듣기 위해 모인 사람들에게 어떻게 미래의 가능성을 찾아줄 수 있을지 행복한 고민을 하며 매일이 설레는 요즘이다.

"오늘 이 자리에 시간을 내어 오신 여러분, 어떤 기대를 가지고
무엇을 얻고자 오셨나요?"
"무엇이든 다 좋습니다."
"당신의 삶이 특별해지는 순간, 가능성의 시간을 함께하게 되어
행복합니다."
인사말이 끝나고 사람들의 뜨거운 박수 소리가 공간을 가득 메
웠다.

2003년 무렵의 그 아이는 상상이나 했을까? 24년 뒤 지금의 자
신을 말이다.
돈을 벌기 위해 도시로 향했던 호기롭던 20살. 누군가 항상 함
께할 거라고 생각했지만 혼자라는 것을 알게 된 순간이 있었다.
낯선 도시, 홀로 들어간 식당. 각자 등을 돌리고 혼자 식사를 하
는 사람들의 생경한 모습.
"나도 혼자구나."
따뜻한 남쪽 시골에 살던 내가 처음으로 도시의 겨울 함박눈을
보며 감탄했던 일도 잠시, 살을 에는 냉혹한 추위를 경험하고서
야 정신이 번쩍 들었다. 몸도 마음도 차디찬 겨울바람처럼 메말
라 갈 때 즈음, 새롭게 삶을 시작할 수 있다는 것을 알았다. 다

시 살던 곳으로 내려와 복학을 하고 그때부터 진짜 내 삶의 주인공으로 살기 시작했다.

삶은 살아내는 것이 아니라 창조해나가는 것이라는 걸 깨달았다.

내가 살아가는 끝없는 삶의 가운데에서

모든 것은 완벽하고, 온전하며, 완전하다.

신이 항상 나를 이끌어주고 보호한다.

나는 자신의 내면을 들여다보며 불안해하지 않는다.

나는 과거를 돌아보며 불안해하지 않는다.

인생을 바라보는 관점을 넓히면서도 불안해하지 않는다.

나는 내가 생각하는 것보다 훨씬 위대하다.

과거, 현재 그리고 미래에도

이제 나는 내가 지닌 모든 문제를 넘어서기로 결심한다.

나는 가치 있고 위대한 존재임을 깨달았기 때문이다.

나는 자신을 사랑하는 법을 배울 준비가 되어 있다.

나의 세상에서는 모든 일이 순조롭다.

| 루이스 헤이. 치유 |

삶은 계속된다. 어떤 사람이 될지는 언제든 내가 선택할 수 있다. 이제 나는, 스스로를 인정할 줄 아는 사람이 되었다. 보잘것없던 작은 존재에서 사람들에게 힘과 영감을 주는 강연자가 되

었다.

사람이 가지고 있는 최고의 능력을 이끌어 내는 방법은 '인정'과 '격려'라고 한다. 우리는 인정받고 싶어서 애쓰며 산다. 그러나 타인이 해 주는 인정은 한계가 있다. 나와 가장 가까운 사람은 '나'다. 나를 인정해 줘야 할 사람도 '나'다.

나를 인정해 주고 난 뒤 이루어진 꿈들이 사람들에게 또 다른 꿈이 되어주고 있다. 참 살아볼 만한 인생이자, 모든 가능성을 품고 있는 인생이다.

 당신은 당신 자신을 얼마나 인정해 주고 있나요?

가장 중요한 것

2027년 가을,

환상적인 햇살이 마음을 따뜻하게 밝히는 어느 날.

내가 늘 간절히 만나보고 싶어 했던 김미경 대표님을 만나게 되었다. 대표님을 마주한 순간, 숨이 멎는 것 같았다. 설렘과 기대감으로 공기가 가득 찼다. 마치 구름 위를 걷는 듯한 느낌마저 갖게 했다.

"대표님, 안녕하세요?"

"어머, 선희 씨! 반가워요." 김미경 대표님이 환한 미소로 답했다.

"정말 정말 뵙고 싶었어요."

"나도 선희 씨 궁금했는데 실제로 만나니 반가워요."

"대표님은 제 인생의 롤 모델이자 멘토셨어요." 나의 진심을 전했다.

"그랬구나, 참 잘 성장했네." 어깨를 토닥여 주시는 김미경 대표님의 따뜻한 손길에 마음이 사르르 녹았다. 시종일관 편안하게 대해주시고 챙겨주셨다. 대견하다고 말해 주시는 김미경 대표님을 뵈며, 따뜻함과 행복함을 느꼈다. 이런 분을 눈앞에서 만나 대화하니, 믿을 수 없어 허벅지를 꼬집어 보았다.

"저는 대표님을 예전부터 책이나 TV 강연을 통해 알고 있었어요. 코로나 시기에는 SNS를 통해 MKYU(김미경 대학) 열정대학생이 되었고요. 열정대학생은 제 인생의 방향을 성장으로 바꿔 놓았어요. 40대에도 성장해야 할 이유들을 알게 되었고, 진짜 성장해야 할 나이임을 발견하게 했어요."

신나게 내 마음을 전했다.

"새벽 기상과 독서를 하며 세상을 바라보는 관점도 바뀌게 되었어요. 인스타그램을 통해 공부하고 인플루언서로서 성장하기도 했어요. 이를 힘으로 삼아 책을 출간하고 베스트셀러 작가가 되었고요. 대표님이 없었다면 이렇게 성장하지 못했을 거예요. 작은 노력들이 모여 제가 성장하고 대표님을 만날 수 있게 되어 정말 기적 같아요."

'가장 중요한 것은 시작하는 것이다.
나머지는 의지력과 인내력이다.'
– 아인슈타인 –

성장한 나를 되돌아본다.

어떤 결과가 있기 위해서는 시작이란 단계를 거쳐야 함을 알게
되었다. 아무것도 하지 않으면 아무 일도 일어나지 않는다. 시작
하고 움직여야 성장할 수 있다. 내 삶이 그리 말해준다.

 당신은 지금 성장 중인가요?

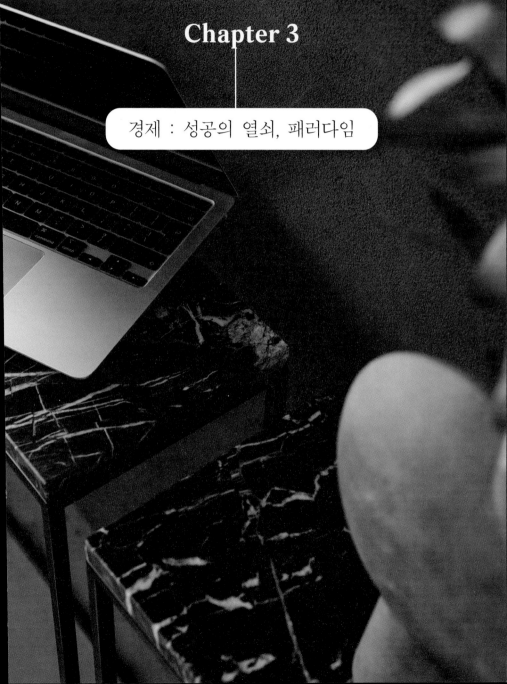

Chapter 3

경제 : 성공의 열쇠, 패러다임

여러분은 '성공'을 어떻게 정의내리고 있나요?

그리고 어떤 성과를 내셨나요?

또 다른 질문을 드려 볼게요.

1. 나는 한 달 뒤 200만 원을 벌었다.

2. 나는 한 달 뒤 2,000만 원을 벌었다.

1번과 2번 중, 원하는 결과를 손가락으로 지금 표해 보겠어요?

(1번을 선택하신 분은 없으리라 봅니다.)

세계적인 동기부여 강연가, 브라이언 트레이시는

성과를 이렇게 정의 내렸어요.

'다른 사람들에게 유익함을 제공하고

삶을 변화시키게 해 주며

좋은 결과를 얻도록 돕는 것.'

다른 사람들을 돕기 위해서는

내 마음이 채워져 있어야 하고,

내가 가진 것이 있어야 합니다.

그 중에 돈은 생각보다 많은 부분을 차지합니다.

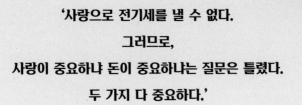

'사랑으로 전기세를 낼 수 없다.
그러므로,
사랑이 중요하냐 돈이 중요하냐는 질문은 틀렸다.
두 가지 다 중요하다.'

《백만장자 시크릿》의 저자, 하브 에커의 말입니다.
지금 여러분의 돈에 대한 패러다임(잠재의식, 습관)은
괜찮은지요?
돈을 대하는 태도 그리고 돈에 대한 감정이
내 미래에 끼치는 영향은 상상을 초월합니다.
나의 내면을 점검할 수 있는 좋은 도구이자 주제인 '돈'으로
글을 써 보세요.
그리고 변화를 선택해 보세요.

Q1 '돈' 또는 '부자' 하면 떠오르는 생각이나 들었던 말에는 무엇이 있나요?

　　예. "땅을 파 봐라. 10원 짜리 하나 나오나." "아껴야 잘 산다."
　　　　"부자는 나쁜 놈들이다." 등

_____

_____

Q2 당신의 경제 습관을 감정 단어와 연결해서 써 보세요.

　　예. 돈이 있으면 무조건 쓰려고 한다. 돈은 나를 불안하게 하기 때문이다.

_____

_____

Q3 좋지 않았던 경제 습관을 고치고 변화한 당신의 모습을 상상해서 써 볼까요?

　　예. 저축해도 소용없다는 생각을 버리고, 수입의 10%는 무조건 모을 수 있는
　　　　통장을 만들었다.

_____

_____

Q4 변화된 모습으로 언제까지 얼마의 돈을 모았는지 상상해서 기록하고, 어떤 기분이 드는지 써 보세요.

  예. 2028년 5월, 1억의 자산을 모았다. 경제 공부와 더불어 저축을 습관화한 덕분이다.
  평온과 감사가 넘친다.

Q5 축적한 부로 누구를 어떻게 도와주고 있을지 써 보세요.

  예. 10개의 교회를 설립했다. 내가 꿈꾸었던 소그룹 모임실, 바비큐장, 침실 등 펜션 느낌을 주는 교회에서 우리는 진짜 행복이 무엇인지 실천하며 살아가고 있다.

사람의 일생은 돈과 시간을 쓰는 방법으로 결정된다.
이 두 가지 사용법을 모르고서는 결코 성공할 수 없다.
| 다케우치 히토시 (지구물리학자) |

공부

드르륵, 드르륵.

기계음이 끊이지 않았다. 엄마는 늘 일을 하고 계셨다. 공무원 아빠의 월급으로 빠듯할 수밖에 없는 살림에 엄마는 돈을 벌 수 있는 무언가를 찾아 쉼 없이 일을 하셨다. '아! 돈은 힘들게 일해서만 벌 수 있는 거구나.' 내가 엄마 나이가 되니 이런 생각이 들었다.

돈이 많으면 좋겠다. 하지만 돈을 버는 행위는 고통이었다. 왜? 힘이 들어야 돈을 벌 수 있다고 생각했으니까 말이다. 나는 힘들게 살고 싶지 않았다.

신랑은 나에게 있어 황금알을 낳는 거위였다. 크지는 않지만 매

달 들어오는 월급이 우리의 수입원이었다. 하지만 환경이 바뀌니 더 이상은 안 된다는 생각이 들었다. 가족을 위해서도 나를 위해서도!

'생각하는 대로 살지 않으면 사는 대로 생각하게 된다.'

나는 바뀌어야 했다. 나에게 돈은 더 이상 고통이 아니라 행복을 주는 것이라고, 생각하는 대로 부유한 삶을 살 수 있다고 의식의 전환이 필요했다. 그런데 어떻게 돈을 벌어야 하지? 노동만으로 돈을 버는 것은 한계가 있었다. 그래, 공부하자! 나는 마음을 다스리는 방법부터 배웠다.

예전의 나는 감정에 따라 돈을 썼다. 화가 나면 화가 나니까 돈을 쓰고 기분이 좋으면 기분이 좋다고 돈을 썼다. 남에게 보여주기 위한 소비가 나에게 어떤 의미가 있을까? 과연 그런 소비가 가치 있을까? 마음공부를 하며 나의 과거를 돌아보고 돈을 어떻게 생각하고 소비하고 있었는지 관찰했다.

그렇게 나는 천천히, 삶의 의미와 돈의 가치를 알아가게 되었다. 노력하는 시간, 공부하는 시간이 쌓여가면서 내 존재의 소중함도 깨달아졌다. 그리고 나에겐 꿈이 생겼다. 내가 느낀 삶의 소중함을 다른 사람들에게 나누고 싶었다. 지금 이 순간이 기회임을 알리고 싶었다.

2030년, 삶의 의미를 깨우쳐 주는 코칭수업과 유튜버 활동, 글쓰는 작가 그리고 강의하는 삶을 살면서 경제적으로 남부럽지 않은 삶을 이루었다. 할머니댁을 고택 카페 겸 명상센터로 만들고 싶다는 상상이 드디어 이루어졌다. 오늘은 처음으로 지인들을 초대하는 날이다.

온라인 세계로 이끌어준 친구, 꿈을 꾸게 했던 독서모임 식구들, 나를 믿고 지지해준 가족들, 바쁜 일정으로 다 모일 수는 없었지만 그럼에도 시간을 내어 준 그들에게 어떻게 고마운 마음을 표현해야 할지 모르겠다.

고민, 깨달음, 공부, 꿈을 나누고픈 사람들, 함께 꿈을 이루어간 사람들 덕분에 포기하지 않고 성공의 길에 다다를 수 있었다. 나의 삶의 모든 구간에 감사하다.

 당신은 더 나은 미래를 위해 지금 어떤 공부를 하고 있나요?

우리 건배할까요?

'난 부자로 살고 싶어.'

'많이 벌고 누리며 살자!'

나는 늘 사고 싶은 게 많았다. 그래서 돈이 많으면 좋겠다고 생각했다.

멋진 옷, 맛있는 음식, 화려한 여행과 럭셔리한 삶. 누구나 원하는 것이겠지만 다음 생에 태어난다면 영국의 왕실 엘리자베스 2세의 딸로 태어나 공주로 살고 싶다.

"높은 곳을 쳐다보면 못 산다. 나보다 낮은 곳을 봐야지."

내가 결혼하고 난 후 아버님께서 하신 말씀이다. 욕심 부리지 말고 나보다 못한 사람들도 있으니 성실하게 잘 살라는 뜻으로 말씀하셨던 것 같다. 하지만 난 생각했다. '높은 곳을 쳐다보고 그곳에서 누리며 사는 삶이 좋은데….'

나의 씀씀이는 커져 갔고 월급날이면 백화점 쇼핑중독자가 되었다. 어느 순간부터 백화점에 가지 않았지만 욕구불만이 가득했다. 화려하게 살고 싶은데 일상이 초라하게 느껴졌다. 비련의 여주인공처럼 내 인생이 불행한 것 같았다.

남편의 수입이 적지 않았음에도 불구하고 나는 계획 없이 돈을 썼고 항상 통이 컸다. 주머니에 돈만 있으면 쓰고 싶은 생각이 먼저 들었다. 이런 습관이 왜 생겼는지 나도 몰랐지만 평범한 삶이 싫었다. 아이 셋이 태어나면서는 아이들 사교육비에 모든 돈을 쏟아 부었다. 그렇게 세 아이를 키우고 나서야 비로소 '이건 아니었구나!'라는 깨달음이 왔다.

잘 살고 싶으면서도 돈 잘 버는 법을 몰랐고, 돈을 관리하는 경제관념이 제로였다. '알뜰한 남편이 알아서 잘하니까.'라며 자기합리화를 하기 일쑤였다.

불혹의 나이가 되어서야 부자에 대해 다시 생각했다. 처음으로 돈을 주제로 한 책을 샀고, 마케팅 공부를 위해 경제 독서모임에 참여하게 되었다. 돈을 모르고는 부자가 될 수 없으니 그동안 못했던 경제공부를 제대로 하기로 마음먹었다. 내가 번 돈으로 후회 없는 삶을 누리고 멋지게 베풀며 살고 싶어졌다.

수입은 부자가 아닌데 소비 습관은 부자로 살았던 날들. 친구를 만나거나 모임이 있으면 밥을 먹자고 먼저 제안하는 쪽은 항상 나였다. 밥값을 먼저 계산하는 것도 나였다. 내가 먼저 계산하지 않으면 민망하고 그 상황이 불편했던 나. 그러면서 매번 밥 한 끼 사지 않는 친구를 흉보기도 했다. 이제는 당당히 N분의 1로 나눠서 내자고 이야기하고 있다.

그리고 고쳐야 할 습관 중 하나는 책을 구입하는 권수와 횟수가 계속 늘고 있다는 것이다. 도서관이 있음에도 내 책에 밑줄을 쫙쫙 긋고 공부해야만 편하다는 이유로 수시로 책을 샀다. 매일 쌓이는 택배 중에 가장 많은 것이 책이다. 지금의 형편상 규모에 맞지 않는 지출이라는 것을 알았다. 그래서 이번 기회에 책은 도서관에서 빌려서 보기로 했다.

20년 후, 나는 나에게 "길경자! 넌 정말 멋져! 네가 얼마나 많은 걸 이루었는지 봐! 그리고 그것을 주변 사람들과 나누고 있잖아? 넌 정말 멋진 부자야."라고 말해줄 것이다.

막내 딸아이가 다리를 다쳐 한 달 동안 목발을 짚고 학교에 다닌 적이 있었다. 나와 남편은 막내딸이 다리를 다친 그 날을 기점으로 몸이 불편한 사람들과 보호자들의 어려움에 대해서 관심을 갖게 되었다.

장애인들과 보호자들 입장을 많이 헤아리지 못하고 살았던 나는 디지털 활용 강의를 하고 있는 재능으로 장애인 가정을 돕고 싶다는 비전을 가지고 살아가는 중이다. 디지털 활용 교육을 접할 수 있도록 장애인과 보호자들에게 기회를 주고 세상과 소통하며 경제활동으로 연결해 주고 싶다.

장애의 신체적 특징으로 일상생활이 제한적이라는 걸 알기에 시공간을 초월한 디지털 세상으로 안내하는 것이 그들에게 도움이 된다.

2035년 나는, 50억 부자가 되어서 장애인 디지털 경제교육 장학재단을 만들게 되었다.

오늘은 장애인 보호에 지친 보호자들을 위한 '보호자 해방의 날'이다. 또한 '장애인 보호자에게 도움을 주는 사람들' 즉, '장보도사' 정기 총회의 날이기도 하다. 모임에서는 1년에 한 번씩 '장보도사 해방의 날' 축하 파티를 한다.

그들을 도우며 살아온 시간이 벌써 십 년이 넘었다. 우리 부부는 세상과 소통하는 법을 배우고 건강하게 위로하고 위로받고 있다. 그들에게 꿈을 꾸자고 격려하는 일은 가슴 벅차고 아름다운 일이다.

"이사장님! 어서 오세요. 오늘 식탁의 주인공이시니 이 자리에 앉으세요. 준비가 끝났습니다."

나에게 기꺼이 앞자리를 내준 고마운 분들. 공동체 식구들이 장학재단 직원들을 위해 멋있고 맛있는 저녁 식탁을 준비해 주셨다. 장애인 부모님들 각자가 가정에서 가장 잘할 수 있는 요리를 한 가지씩 만들어 오셔서 우리를 인정하고 격려하는 의미로 대접해 주시는 날이다. 우리는 세상에서 가장 화려하고 충만한 사랑을 담은 저녁 만찬을 누렸다.

'사랑을 줄 수 없을 만큼 가난한 사람이 없고, 사랑을 받지 않아도 될 만큼 부자인 사람도 없다.'라는 말이 생각난다.

우리는 충분히 사랑하고 섬기고 있다. 사랑을 나눈다는 것이 진정한 해방이 아닐까 싶다.

우리 모두 희망찬 오늘을 멋지게 살아내고 있다. 세상과 건강하게 소통하면서 지금도 꿈을 꾼다. 한때 경제 개념이라곤 전혀 없던 나였다. 곁에서 든든히 지원해 주고 힘이 되어준 남편이 있었기에 이 모든 것이 가능했다.

"고마워요, 여보."

"우리 건배할까요?"

"좋아요!"

"짠! 우리 모두의 멋진 날들을 위하여!"
"위하여!"

밤이 깊어갈수록 우리의 나눔과 감사도 깊어갔다.

 진짜 부자가 되었을 때, 건배를 나누고 싶은 사람들의 이름을 적어
볼까요?

돈을 바라는 기준

"돈만 가져다주면 다인 줄 알아요?"

"돈 벌어다 주는 게 쉬운 줄 알아?"

부모님은 항상 돈 때문에 싸우셨다.

하지만 정말 돈 때문이었을까?

엄마는 돈이 전부가 아니라 하고,

아빠는 돈 버는 것만으로도 버겁다고 하셨다.

나는 싸움의 원흉인 돈이 미웠다.

하지만 솔직히, 부모님은 돈이 있어도 싸울 것 같아

돈만 탓할 수 없었다.

그래서 돈은 나에게 어려운 대상이었다.

나는 돈을 많이 벌 자신도 없었고, 돈을 좇아 살고 싶지도 않았다.
넉넉하지 않은 형편이기에 돈이 생기면 쓰기에 바빴다.

그런데 돈을 벌기 시작하면서 돈이 좋다는 것을 알게 되었다.
사고 싶은 것도 사고, 하고 싶은 것도 마음껏 할 수 있게
되었으니까.
하지만 마음속 깊이 알고 있었다.
엄마 말처럼, 돈보다 더 중요한 것이 있다는 걸 말이다.

자비량 선교사와 결혼하며 경제적 여유를 꿈꾸지 않았다.
돈이 생기면 하나님과 이웃을 위해 잘 써야 한다고 생각했다.
그런데 돌보아야 할 아이들이 생겼다.
혹 장래에 교회에 부담이 될 수 있다는 걱정도 되었다.
나는 저축을 시작했다.
언젠가 우리 스스로를 돌보고 다른 사람들을 도울 수
있기를 바라면서.

한동안 하나님이 넘치게 돈을 보내주셨다.
그때, 요셉이 애굽에서 겪었던 7년의 풍년과
7년의 흉년이 생각났다.
지금은 풍년의 때이지만 흉년의 때도 올 것이다.

"하나님과 이웃을 위해 쓰자. 욕심이나 사치를 멀리하자.
 저축을 하자."

이것이 나의 경제관념이었다.

어느덧, 풍년이 지나고 흉년이 왔다.

코비드와 남편의 실직, 이사, 유학의 과정을 겪었다.

하지만 그 시간 동안 우리는 부족하지 않았다.

수입이 없었지만 헌금도 하고, 후원도 멈추지 않았다.

지금은 남편이 캐나다에서 새 직장을 구해

다시 부족함 없는 생활을 하고 있다.

고소득자에게 세금을 많이 받는 나라이기에

적금을 하는 것은 불가능하다.

그러나 감사하게도 우리에게 딱 맞는 돈이 들어온다.

남편은 세금을 많이 내는 것에 자긍심을 갖자고 한다.

나라에서 알아서 우리의 세금으로 어려운 사람들을 도와주고 있다.

나는 하나님의 일을 하고 이웃, 가족들을 돌볼 수 있는

돈을 바란다.

내 욕심과 사치에 빠지지 않고, 잘 쓸 수 있는 돈은 얼마일까?

나의 마음과 자세에 따르지 않을까 한다.

하나님께서 필요한 만큼 주실 것이라 믿는다.

당신은 당신의 돈을 누구를 위해, 무엇을 위해 사용하고 싶나요?

Giver

"엄마, 문제집 사야 해요."

부모님께 돈을 달라고 말씀드릴 때마다 주저했다.

돈을 생각하면 나와는 거리가 먼 남의 이야기로 들렸다.

마치 부자로 태어난 사람들만 누릴 수 있는 것처럼.

돈이 없는 것이 익숙했고 돈이 조금이라도 많이 생기면 써버렸다.

나에게는 인색했지만 다른 사람들에게 선물할 때에는

아낌없이 썼던 것 같다.

그렇게 함으로 사람들에게 인정받고

사랑받고 싶어 하지 않았나 싶다.

그 이후에는 공허함만 남았다.

들어오는 수입만큼 지출을 해버렸다.

규모가 없었다.

돈이 없기에 무척 힘들었지만

그런 사실을 회피하고만 싶어했던 것 같다.

살아가는데 돈은 무엇보다 필요한 것이다.

돈에 대해 잘 알고 수입 안에서 규모 있는 관리가

이루어져야 했다.

더 이상 이렇게 살아서는 안 되겠다는 생각이 들었다.

재정 관리에 대한 책을 읽고 강의를 들었다.

나의 경제 상황에 맞지 않는 지출은 하지 않았다.

특히 나의 상황에 맞지 않는 금액의 선물을 하려고 하면

철저히 통제했다.

가계부 쓰기 강의와 챌린지를 통해서 가계부도 작성해보았다.

나에게 있는 재능과 사명을 통해

다른 사람들이 자신의 사명과 비전을 발견하고

기버(giver)의 삶을 살아가는 것.

내가 생각하는 '성공'이 바로 이것이다.

나는 오늘도 기버로서의 삶을 살아가기 위해 노력하고 있다.

"김민경 마스터님. 청소년 진로설계센터의 기금이 모두 마련되었습니다. 드디어 공사를 진행할 수 있게 되었습니다."

함께 오랫동안 꿈을 나누고 애써주셨던 마스터님들이

함께 기뻐하며 축하해주었다.

아이들이 진로설계센터에 와서 자신의 진로에 대한 방향을 찾고

마음에 힘을 얻어서 돌아갈 생각을 하니

입가에 미소가 절로 지어졌다.

 당신의 지출 내역 중, 줄여야 한다고 생각하는 것은 무엇인가요?

인생 자산

거제도 여행을 다녀 온지 얼마 되지 않은 어느 날, 아들이 여행을 가고 싶다고 했다.

아들의 진짜 목적은 따로 있었다. 여행보다는 학교에 가지 않는 자유를 누리고 싶어 하는 것이 진심이었다. 아들의 등 뒤에서 할머니의 잔소리가 들렸다.

"며칠 전에 거제도 갔다 왔으면 됐지. 돈이 남아서 돌아? 어디를 또 간다는 거야?"

나는 분위기를 바꾸려고 아들에게 말했다.

"엄마는 가진 게 돈밖에 없어. 어디로 갈까?"

어머니가 이어서 말씀하셨다.

"그거 어디서 많이 듣던 말인데?"

"당신이 아이들 어릴 때부터 매일 했던 말이잖아. 우리 집은 가난했지만 아이들한테는 매일 가진 게 돈밖에 없다고 하더니 민주가 배웠나 보네."

아버지 말씀에 어머니도 나도 웃을 수밖에 없었다.

이래서 자식은 부모를 보고 배우고, 부모는 자식의 거울이라 하는 말이 생겼나 보다.

할아버지, 할머니, 그리고 엄마인 내가 하는 말을 듣고 행동들을 보며 살고 있는 우리 아들은 어떤 모습으로 자랄까?

아들과 함께 여행 준비를 시작했다. 세상에 돈이 남아서 여행 가는 사람이 얼마나 될까? 사랑하는 사람들과 행복한 시간을 함께하기 위해 돈도 벌고 쓰는 거다.

나의 어린 시절, 경제적인 이유로 부모님과 보낸 시간들이 많지 않았다. 그래서인지 아들이 나와 같이 여행을 가는 시간이 오히려 고맙다. 학교를 가지 않고 떠나는 여행에서 느끼는 아들의 행복과 회사를 가지 않고 아들과 함께 할 수 있는 나의 고마움이 함께 어우러진 여행길은 그저 신났다.

아들이 손 내밀면 언제든지 잡아 줄 수 있는 엄마가 되고 싶은 나의 희망을 이루는데 돈은 꼭 필요하다. 정당하게 벌어서 좋은 곳에 쓸 수 있는 돈은 에너지다. 이런 돈이 내게 주는 의미는 특별하다.

가족에게 사랑 표현하기. 나보다 경제적으로 조금 부족한 사람에게 나눌 수 있는 여유. 내가 하고 싶은 일을 마음껏 할 수 있는 수단으로 없어서는 안 되는 것이 돈이다. 그래서 나는 오늘도 돈에 대한 확실한 개념을 가진 선생님께 돈에 대해 배운다.

끊임없이 배우고 내 삶에 적용하기 위해 노력하는 나에게 두 달 간의 자유 시간이 주어졌다.

"아들, 엄마하고 두 달 동안 여행할까?"

말도 안 되는 소리 하지 말라는 표정으로 나를 쳐다보는 아들이 말했다.

"엄마, 나 학교 가야 하는 거 몰라?"

"학교 좀 빠져도 괜찮아. 엄마하고 여러 곳 여행하면서 경험자산 을 쌓는 게 앞으로 네 인생에 더 도움이 될 거야."

기대 반 걱정 반으로 짐을 챙기는 아들에게 걱정하지 말라고 말해 줄 수 있는 내가 참 좋다. 어쩌면 내가 해 보고 싶었던 것을 아들에게 선물해 주는 걸지도 모른다. 경험이 인생 자산이 되어서 더 단단해지고 행복할 수 있는 내 삶을 맞이하는 것, 이런 인생이 성공이라 생각한다.

'본 것은 할 수 있고 한 것은 나눌 수 있다.'라는 말이 있듯이,

이런 시간들이 모여 아들이 결혼을 해서 자식들에게 똑같이 하는 모습을 상상해 본다.

"여보, 오늘부터 3개월간 우리 아이들과 가족여행 갑시다. 얘들아, 너희도 좋지?"

"아싸! 나 학교 안 가도 되는 거죠? 완전 신나요. 빨리 가요."

"여보, 고마워요. 나 안 그래도 요즘 답답했는데 언제 이런 이벤트를 준비했어요?"

아내와 자식들에게 사랑 받는 다정한 아빠. 가족의 소중함을 아는 멋진 아빠로 살아가는 아들을 응원한다.

아들 가족의 여행길을 배웅하며, 남자친구와 바다 구경을 가는 나의 오늘은 여전히 밝은 햇살이 함께 한다.

 당신은 '돈'을 어떻게 생각하고 있나요?

변화

"사람은 경제관념이 있어야 해."

사업하시던 아버지는 내가 어릴 때부터 이런 말씀을 하셨다. 경제 관련 책도 가끔 툭툭 던져주시곤 했다. 책 내용이 어렵기도 했고, 아버지가 친절하게 설명해 주시지도 않았기 때문에 난 크게 관심을 가지진 않았던 것 같다.

사업하는 아버지로 인해 집은 늘 살얼음판이었다. '돈 버는 일은 참 힘들구나.'라고 막연하게 생각했다. 그 당시 같이 사셨던 할머니도 늘 빈 병을 모아서 슈퍼마켓에 갖다주시며 10원, 100원을 살뜰히 모으셨다. '할머니는 부끄럽지도 않을까?'라는 생각을 하며, 돈 버는 일은 힘든 일이라는 인식은 점점 내 머릿속에 자리를 잡아갔다.

할머니의 영향 탓인지 나는 돈을 꽤 잘 모으는 편이었다. 돼지 저금통 안의 동전이 차곡차곡 쌓여가는 걸 보면 기분이 좋았고, 또 그런 나를 보며 흐뭇해하시는 부모님을 보는 게 좋았다. 대학생 때는 1년간 아르바이트를 해서 모은 돈으로 유럽 여행도 다녀왔다. 스스로 참 대견하다고 생각했다.

하지만 동시에 돈을 모으면, 그 돈으로 무엇을 해야 하는지는 무지했고, 돈을 모을 때는 100원 단위로 잘도 세면서 그렇게 소중하게 모은 돈을 쓸 때는 눈을 꼭 감고 마치 무서운 벌레를 털어내듯이 소비해버렸다. 그렇게 시간이 흐르니, 힘들게 모았던 돈은 어디론가 다 사라졌고, 뒤늦게 손해를 보고 회수하는 경우도 종종 생겼다.

난 돈을 모으기만 잘했지, 잘 쓰는 방법에 대해선 정말 무지했다는 걸 깨달았다. '모은 돈으로 얼마나 더 큰 가치를 만들었는가?, 주변 사람들을 위해 어떻게 사용했는가?' 시원하게 대답할 수가 없었다. 돈이 돈을 벌어오고, 사람을 불러온다는 사실을 30대 중반이 되어서야 깨달은 나는 한 가지 결심을 했다.

'이제 돈이 나갈 때 눈을 꼭 감는 게 아니라, 부릅뜨고 바라보겠어!'

돈을 잘 쓰려다 보니 경제 공부는 필수였다. 주변에 똑똑한 친구들에게 물어보고, 인터넷을 찾아보고, 책을 읽기 시작했다. 조금만 관심을 가졌더라면 이미 많은 변화를 만들었겠다는 생각이 들어 아쉬운 마음이 컸지만, 이제라도 경제 공부의 필요성을 깨달은 것에 감사했다.

"어떤 주식이 좋다더라.", "○○을 지금 사야 한다더라." 등 너무 다양하고 어려운 이야기들이 우리 귀와 마음을 심란하게 만든다. 이런 말에 휘둘리지 않고 스스로 결정하고 싶었다. 경제의 기초 원리를 이해하고 싶다는 욕구가 높아지자, 자연스럽게 내 주변에는 기초 경제학 책, 투자 입문서 등이 쌓여갔다. 생소한 뉴스를 들으면 정확히 무슨 뜻인지 검색해 보는 습관이 생겼다. 이제는 매일 새벽 경제 관련 책을 읽고, 이동하는 틈틈이 전문가의 시장 분석 뉴스를 듣고 있다.

성장을 위해서는 고정 마인드셋에서 성장 마인드셋으로 마인드세팅이 필요하다. 성장 마인드셋이란, 실수했을 때 남이나 나를 탓하며 주저앉는 것이 아니라, 기회로 삼고 다시 앞으로 나아갈 의지를 다지는 것인데, 내 삶이 늘 그런 자세이기를 바랐다. 그래야 아직 어수룩한 내가 세상을 더 재미있게 탐험해갈 수 있고, 남들과도 성장의 즐거움을 나눌 수 있으니까.

2029년, 지금의 난 30억 자산가가 되어 있다. 겨울 휴가 때마다 하와이에 있는 고급 호텔에서 1주일간 휴식을 취한다. 경제의 흐름을 이해하며, 내 선택에 확신을 가질 수 있는 사람이 되었다.

드디어 30억 자산이 모인 날, 남편과 나는 어린이 재단에 경제교육 진행을 위해 돈을 기부하기로 결정했다. 경제교육의 중요성이 나날이 높아지고 있지만, 아직 교육의 기회가 평등하지 않은 사회 속에서 가난한 아이들은 계속 가난해질 수밖에 없는 구조에 있다. 이런 아이들이 하루라도 더 빨리 경제를 배우고, 돈을 마냥 두려워하지 않기를 바라는 마음이다.

깨닫고 공부하고 행동하고 나눔을 통해 제2의 인생을 살게 해준 돈,
돈은 고마운 것이다.

주저앉고 싶은 순간, 오히려 그때가 기회라고 생각한다면, 나에게 뭐라고 말해주고 싶나요?

청기백기

"아들아, 돈 공부 해야 한다."

엄마는 이 말씀을 하시며 엄마가 한 말과 똑같은 제목의 책을

읽어보라고 주셨다.

마침 읽을 책이 없었던 나는 한번 읽어보기로 했다.

책의 머리말에서는 지출을 아끼라고 나와 있는데

엄마는 며칠에 한 번씩 동생들의 협박(?)에 못 이겨

배달 음식을 시켜 먹는다.

분명 엄마도 이 책을 읽어봤을 텐데 말이다.

나는 돈 쓸 일이 거의 없고 돈도 없다.

언제부턴가 아빠는 돈이 없다며

슬프게도 월 3만 원씩 주던 용돈을 주지 않고 계신다.

그래서 나는 명절에 친척 집에서 용돈을 받거나

엄마의 심부름, 안마를 한 후 수고비를 받으며 연명하고 있다.

눈물이 앞을 가린다.

비록 지금은 빈털터리지만 나중에 거지가 되어

먼지에 앉지 않기 위해

엄마가 권해준 경제 책들을 읽으려고 하고 있다.

요즘은 나폴레온 힐의

《어린이를 위한 생각하라 그리고 부자가 되어라》라는

책을 읽고 있다.

확실히 어린이를 위한 것이라 그런지 쉽게 잘 읽힌다.

날씨가 쌀쌀해지기 시작하는 2030년 10월의 어느 멋진 날,

소설가로 성공하여 5억을 벌었다!

이제 웬만한 사람들은 나를 알 정도로 꽤 유명해졌다.

드디어 전부터 생각해오던 청소년 도움주기를 할 수 있을 것 같다.

가뜩이나 저출산으로 심각한데 자살률까지 1위라니….

나의 작은 손길로 그들에게 안전하고 편안한 보금자리가

마련되면 좋겠다.

나와 팀원들, 그리고 처음부터 지금까지

나를 계속 응원해주고 지원해주신 부모님과 함께

집에서 팀 설립 1주년 기념으로 간단한 파티를 열었다.

처음엔 10명 정도였던 팀원들이

어느새 100명 가까이 늘어난 모습을 보니 뿌듯했다.

한때는 청소년이었던 우리들이,

이제는 청소년들을 위하여 여기까지 왔다.

앞으로도 꾸준히 성장하며 청소년들을 위하는 팀이 되면 좋겠다.

청소년들의 기쁨이 백 년 넘게 기억되기를.

우리는 힘차게 구호를 외치며 파티의 시작을 알렸다.

"청기백기를 바라며!"

 당신은 당신의 돈을 사랑하나요?

우리 집이 제일 부자다

오늘도 어김없이 아버지의 손이 이마에 닿으며 하루가 시작되었다. 새벽기도를 마친 아버지는 찬송을 흥얼흥얼하며 방으로 들어오셔서 세상 신난 춤사위판을 펼치신다.

♫ 나의 갈길 다가도록 예수 인도 하시니 내 주 안에 있는 긍휼 어찌 의심하리요.
믿음으로 사는 자는 하늘 위로 받겠네 무슨 일을 만나든지 만사형통 하리라.

춤판이 마치면 4남매 머리에 차례차례 손을 얹어 기도로 복을 비셨다.

"우리 큰 아들 주의 종 되어 많은 영혼 구원하게 하소서."

"우리 둘째는 대통령 되어 나라 살리게 하소서."

"셋째 딸 의사 되어 아픈 사람 살리는 일 하게 하소서."

"넷째는 부잣집에 시집가서 많은 사람 도우며 살게 하소서."

그 기도가 이어지는 동안 나와 동생들은 잠에서 깨어나고 가정 예배가 시작된다.

아버지는 입버릇처럼 말씀하셨다.

"우리 집이 제일 부자다. 왜냐? 우리 아버지가 천지 만물 지으신 하나님이시니까."

나는 그 말을 믿었다. 그런데 우리 집은 항상 쪼들렸다. 자라가며 알았다. 진정한 부요는 소유의 많고 적음과 관계없다는 것을.

"갑식이한테 미안해서 우짜지요? 벌써 몇 달 째 이자도 제대로 못 주고 있으니⋯."

갑식이 아지매는 엄마의 어릴 적 친구다. 나는 갑식이 아지매를 본 적이 없었다. 분명히 엄마의 좋은 친구인데 갑식이 아지매는 이름처럼 우리 부모님의 보이지 않는 '갑'이었다.

나는 종종 우리가 잠든 머리맡에서 부모님이 나누시는 걱정스런 대화 내용을 들으며 제대로 잠을 이루지 못했었다.

나는 부모님께 육성회비가 밀렸다는 말을 꺼내지 못했다. 크레

파스며 공책이 필요하다는 말도 할 수가 없었다.

엎친 데 덮친 격으로 경제적 어려움이 더해지는 사건이 생겼다. 아버지가 교인을 위해 빚보증을 섰는데 채무가 아버지에게 돌아오고 감당할 수 없는 부담이 되고 말았다.

놀랍게도 그 어려운 형편에서도 부모님은 우리 4남매 대학을 다보내셨고 나는 목사가 되고 셋째는 의사가 되었다. 둘째는 사업가가 되고 넷째는 현모양처가 되었다.

말로는 설명이 되지 않는데 하늘에 계신 우리 아버지가 그렇게 하셨다는 것에는 전적으로 동의가 된다.

우리 4남매를 위한 아버지의 기도에 빠지지 않는 제목이 있었는데 '빚지지 않고 살게 해 주세요'였다. 그 기도대로 빚지고 사는 형제는 없다. 나는 아버지의 기도에 늘 감사한다.

나는 어릴 때부터 절약하는 습관이 배어있다. 있는 만큼 필요한 만큼 쓰고 과소비하지 않는다. 아껴 쓰고 재활용하고 저축하려고 애를 썼다. 없으면 없는 대로 살고 꼭 필요한 곳에는 지출하기를 주저하지 않는다.

두 아이를 미국 유학 보내서 임상심리학 박사와 의사가 되었다. 유학을 어떻게 시키고 결혼까지 뭘로 하게 했는지 계산해보면 답이 나오지 않는다. 아이들이 학비 융자를 받아 공부를 했지만 일을 해서 충분히 갚을 수 있는 수준이다.

살아오면서 걱정을 하고 계산을 해서 살아지는 게 아니라는 것을 터득했다. 검소한 생활을 하지만 마음은 부자여야 함을 배웠다. 아쉬운 사정은 하늘 아버지께 아뢰면 된다. 그렇게 하면 된다는 것을 뼈저린 경험으로 안다. 여전히 설명은 어렵다.

내가 은퇴를 하면서 우리 내외가 세운 원칙이 있다. 이제부터는 지금까지 받은 것을 나누며 돌려주는 삶을 살자는 것이다. 재능도 은사도 물질도 베풀며 살 때 은혜로 살아온 삶에 대한 보답이 아닐까.

충분히 베푸는 삶을 살기 위해서 적어도 100억의 자산이 있으면 좋겠다. 그 자산이 확보되었을 때 비영리 선교단체를 설립해서 지속 가능한 사역을 펼치고 싶다.

다음세대를 위한 어린이 선교단체를 돕고 싶고, 캄보디아에서 진행되고 있는 예수 마을 사역에 후원하고 싶고, 은퇴 목사님 사모님들을 돕는 일을 하고 싶다.

이 일은 우리 부부만이 아니라 두 딸과 사위들도 함께 하여 앞으로 태어날 자녀 세대까지 이어지는 베풂의 장이 될 것이다.

드디어 완공된 Quiet Waters Ministry Mission Complex (쉴 만한물가선교센터) 감사예배를 드리는 날이다.

20년 전 다시 미국 땅을 밟으면서 우리 내외가 세운 꿈이 눈앞에 펼쳐지는 순간이다.

이미 다음세대와 해외선교, 목회자 가정 돕기의 사역은 지속되고 있었고 많은 열매를 거두고 있다. 오늘은 그 비전을 확인하고 감사하며 더 큰 그림을 그리기 위해 마련한 자리이다.

70년 세월을 거슬러 그 가난하고 어려운 시절 꿈꾸기도 어려웠던 그 때 올렸던 부모님의 기도가 귀에 쟁쟁하다.

"우리 아버지 하나님 부자시니 우리 자식들 빚지지 않고 살게 하시고 생명 살리고 복음 전하는 일에 크게 쓰임 받게 하소서."

"우리는 가난하게 살아도 우리 자손들은 복 받아 나누며 베풀며 살아가게 해 주소서."

"훌륭한 목회자, 정치가, 법률가, 재력가 많이 나와서 우리 아버지 주신 복을 나누며 사는 가문 되게 하소서."

♬ 내 평생 소원 이것뿐 주의 일 하다가 이 세상 이별하는 날 주 앞에 가리라

그 때의 덩실덩실 춤사위, 그 환한 미소, 그 멋들어진 곡조의 노래가 오늘의 복을 지었구나. 뜨거운 감사와 감격의 눈물이 두 볼을 타고 흐른다.

백만장자가 된 미래의 내가 지금의 나를 만난다면 무슨 말을 해 줄까요?

무한한 힘의 비밀

"나중을 위해 있을 때 모아야 해."

늘 "돈 없다, 돈 없다." 하시면서도 필요할 땐 어디서 생겼는지 큰돈을 쓰셨던 엄마다. 신용카드 한 장 없으면서 필요하면 냉장고도 바꾸시고, 두 딸 모두 대출 없이 4년제 대학교를 졸업시키셨다. 명품 같은 겉치레엔 신경 쓰지 않으셨지만, 건강과 배움을 위해서는 돈을 아끼지 않으신 엄마.

나도 엄마를 닮아 그런지, 명품에는 관심 없지만 건강과 배움에 있어서는 돈을 아끼지 않는다. 내가 주식에 관심을 보일 때 엄마가 말씀하셨다.

"투자 잘못하면 망해. 그런 거 함부로 하는 거 아냐."

그것은 자신이 알지 못한 것에 남의 말만 듣고 투자하기 때문이다. 주식이든 부동산이든 무작정 투자하는 것이 아니라, 배우고 아는 것에 투자해야 한다. 배움에 들어가는 돈보다 그것이 나에게 줄 더 큰 이득을 생각한다. 배운 것에 따라 투자하면 설령 잘못되더라도 그 과정 자체가 또 다른 배움이고 자산이 된다.

"배워서 남 주나?"

배움에 들어가는 비용은 남 주는 게 맞지만, 배운 것을 활용하여 적용하면 그보다 더 큰 수익을 낼 수 있다. 배움도 나 자신에게 투자하는 것이다. 그래서 책을 사고 강의를 듣는다.

수입이 반으로 줄어든 휴직 3년 중에도 돈이 들어가는 배움을 계속하였지만, 신기하게도 돈이 줄어들진 않았다. 돈은 내가 필요로 하는 만큼 온다는 것을 실감할 수 있었다. 나에게 지금 돈이 얼마나 있느냐가 중요한 것이 아니라, 내가 무엇을 할 것인지 결심하는 게 중요했다. 내 필요에 따라 돈은 자연히 찾아온다.

100조를 벌 것인가?

그렇다면 그 돈으로 무엇을 할 것인가부터 정해야 한다.

자기 자신 안의 무한한 힘을 믿는 사람은 건강, 경제, 인간관계에서 무엇이든 원하는 대로 변화할 수 있다. 우리 모두에게 있는 자신 안의 무한한 힘을 일깨워 주기!

이것이 내가 생각하는 성공이다.

2029년, 나는 100조 부자가 되었다.

"송지은 작가님! 지금까지 제가 자유롭지 못했던 것은 많은 삶의
영역에서 저 스스로 한계를 두었기 때문이었어요. '못 해! 안
돼! 반드시 이렇게 해야 해!'라는 생각들로 얼마나 저를 가두고
있었는지… 이젠 그 무엇에도 갇혀 있지 않으니, 마음이 해방
되어 날아갈 듯 자유로워요. 새가 하늘을 나는 것이 당연하듯,
저에게 자유의지가 있어서 참 좋아요. 무엇이든 선택할 수 있
는 용기와 저에 대한 믿음이 필요했어요. 나에 대한 사랑이 가
득 차올라 남을 사랑하는 마음도요. 사랑과 믿음, 용기가 저에
게 무한한 자유로움을 주었습니다. 감사합니다!"

과거 나의 모습을 닮은 사람들을 도울 수 있어서 참 기쁘다. '나'
에 관한 공부를 하도록 계기가 된, 그때의 힘듦이 감사하다.

지금 여러분을 힘들게 하는 생각은 무엇인가요?

그것을 해결하는 방법을 찾아가는 과정에서 여러분의 사명과 가치를 발견할 수 있습니다.

용기 내어 그 가치를 나눠보세요. 나누는 만큼 당신의 삶과 세상이 아름다워집니다. 내 상처의 크기가 내 사명의 크기입니다.

하나님의 선물

'돈, 빚지지 않겠다.'

'돈은 빵을 배부르게 먹을 수 있게 해 준다.'

'돈은 미소를 닮았다. 잠시 행복할 수 있지만 곧 사라진다.'

'돈이 없으면 하고 싶은 것을 할 수 없다.'

나는 돈을 이렇게 생각하며 성장했다.

농부이신 부모님은 신실하고 부지런하셨지만 여러 가지 상황들로 경제적 어려움이 많았다. 다른 사람들에게 돈을 빌려 가업을 세워보려는 노력도 소용없었다. 빚은 또 다른 빚을 불러왔다. 어린 나이에 가세가 기울어지는 모습을 보게 되었다. 그래서 돈을 남에게 꾸지 않아야 한다는 생각을 하며 자랐다.

그 당시 엄마는 계를 짜서 가정형편을 바꾸어 보려고 하셨지만 소용없었다. 나의 꿈을 피우지 못하는 상처도 생겼다(지금은 주님의 은혜로 회복되었다).

나는 주경야독을 선택했다. 열심히 일하고 열심히 공부해야만 된다고 생각했다. 지금도 일을 하지 않으면 불안한 감정이 드는 것은, 어릴 적 돈에 대한 좋지 않은 기억 때문인 것 같다.

'농부가 경작하는 것이 당연함'과 시간을 소중히 여기며 일거리를 찾아 일을 하고 있다.

나의 경제 습관을 되돌아본다. '지출을 줄이는 것이 곧 수입이다.'라고 생각하며 최대한 지출하지 않으려 노력했다. 직장생활을 하면서 저축을 했는데 빚이 있어도 수입의 30%는 저축했다. 지금까지 실행하고 있다.

돈이 좋으면서도 저축해 두었던 돈을 찾으면 허무한 생각이 들 때도 있다. 돈이 종이에 불과한 것 같다. '봄에는 거름과 물이 필요하지만, 늦가을에는 거름을 준 듯 무슨 소용이 있을까? 그것처럼 적절한 상황에 돈이 필요한 거지, 돈이 꼭 필요할까? 많이 번다고 죽을 때 다 가지고 갈 수 있는 것도 아닌데 말이다.' 자주 반문했다.

글을 쓰며 내 마음을 되돌아본다.

나는 경제적 노후를 준비하지 못했다. 그래서 남편은 내가 "집 팔아서 살지 뭐."라고 말하는 것을 싫어한다. 오늘도 숨을 쉬며 살아있고 먹을 수 있음에 감사하면서도, 주님 안에서 자족할 수 있음에 감사하면서도, 마음부자만큼 경제적 부자가 된다면 많은 영혼을 도와줄 수 있겠다는 생각을 해 본다.

성경은 우리가 돈에 쫓기거나 돈의 노예처럼 살지 말라고 하신다.

"돈을 사랑치 말고 있는 바를 족한 줄로 알라."

(히브리서 13장 5절)

돈에 욕심을 부리는 것과 확실한 목적을 가지고 열심히 일해 돈을 버는 것은 차원이 다른 문제다. 그리고 우리는 부득불 돈과 함께 살아가고 있다. 생활의 필수 요소라는 말이다.

이제는 돈 공부를 하며 하나님이 주신 돈을 잘 사용해 보려고 한다. 앞으로 경제 관련 책들을 읽으며 공부를 해야겠다. 필요한 물건만 구입하고 지출을 줄여보려 노력한다.

하나님께서 물질의 복을 허락하신다는 건, 나에게 보내준 사람들을 도우라는 뜻일 것이다. 줄 수 있는 사람이 되기 위해서는 나를 먼저 채워야 한다. 그렇다면 나는, 누구를 도와주고 싶어 하는 걸까?

배우고 싶으나 배울 수 없는 형편과 어려움에 있는 아이들을 돕고 싶다. 나 또한 거저 받았으니 거저 줄 수 있는 자로서 받은 사랑을 흘려보내야 한다. 나는 베푸는 자가 될 수 있을까, 모르는 사람들에게도 편안한 마음으로 도움의 손길을 내밀 수 있을까, 여러 가지 생각이 들기도 하지만 말이다. 다시금 성경 말씀을 떠올려본다.

"누구든지 자기 친족 특히 자기 가족을 돌보지 아니하면 믿음을
배반한 자요.
불신자보다 더 악한 자니라."
(디모데전서 5장 8절)

돌봄과 베풂은 선택이 아닌, 필수다.
나는, 하나님께서 주신 상상의 힘으로 나의 미래를 그려보는 것에도 노력을 기울인다.

"드디어 해내셨어요!"
"우와! 우리는 말씀에 순종하여 열매를 맺었어요."
학교에 도착하니 아이들이 환호하며 나를 반겨준다.
아이들이 읽을 책과 장학금을 전달하니 환하게 미소로 답한다.

나만을 위한 돈에서 타인과 세상을 위한 돈으로 비전을 확장해보자.

하나님께서 나를 이 세상에 보내신 목적에 대해 깊이 묵상해보자.

앞으로 나는, 돈에 대해 얼마나 생각이 깨어나게 될까?

기대하는 마음 또한 하나님이 주신 선물일 테다.

 지금 당신이 가지고 있는 돈으로 타인을 도울 수 있는 방법은 무엇인가요?

가난하게 살기는 글렀어

돈?

어릴 적부터 경제적으로 부유하지는 않았지만,

성실한 부모님이 계셔서 남들에게 돈을 빌리며 살지는 않았다.

필요함을 채우면서 알뜰하게 살았다.

그렇다보니 기본적인 생활 외에 풍족하고 다양한 경험을 하고

살지는 못했다.

능력의 문제일까?

마인드의 결여일까?

돈에 대한 나름의 기준점을 두고 뛰어넘지 못하는 것 같았다.

건강한 투자 또는 역변을 위한 투기도 생각해 본 적이 없었다.

그저 성실히 모으고, 성실하게 납세, 납부하며

우리는 이 정도면 괜찮다고 규정지었고,

삶의 질을 향상시키기 위해 공부하지 않았다.

이 불편한 진실은

결혼하고도 몸에 배어 있었기에

부족해도 참고,

허리띠 졸라매며 버티는 방식을 택했으니

탄식할 노릇이다.

아는 만큼 보인다고

주변인들의 삶이 전부인 것 마냥 생각했다.

그러나 어느 순간

같은 장소, 같은 사람, 같은 생각을 가지고 더 나은 삶을 살기란

낙타가 바늘귀에 들어가는 것보다 어렵다는 사실을 감지했다.

지금까지 접하지 못했던 부의 축적 분야들을 살피고

공부하기 시작했다.

남들이 터무니없게 볼 수 있지만,

실상 누군가는 부를 축적했고 지금도 이루어가고 있으니
내가 몰랐을 뿐이고 돈은 계속해서 돌고 있다.
나도 준비해서 기회를 기회로 알아보려 한다.

내가 하고 싶은 것을, 내가 하고 싶은 때에 방해 받지 않으며
좋은 사람들과 함께 하는 것!
그러기 위해서 움직일 수 있는 동력인 경제력은 필수이다.

자녀에게 경제개념을 제대로 물려주고 싶어
경제 흐름과 개발의 축을 읽을 수 있게 도와주고
그에 상응하는 부의 축적법도 전수했다.
토지투자, 주식투자, 부의 파이프라인으로 인세소득 만들기 등
"이번 생애 가난하게 살기는 글렀어!"라고 외치도록 말이다.

그로 인해 나와 함께하는 〈이유 있는 공간〉의 이유 있는 사람들과
치유힐링센터를 풍요롭게 운영할 자금 100억이 만들어졌다.

내 생각을 깼을 뿐인데
만나는 사람들을 바꿨을 뿐인데
습관과 태도를 변화시켰을 뿐인데 말이다.

이제 나에게 있어 돈은

불편한 진실이 아닌,

꿈과 사랑을 위한 진실이 되었다.

 당신도 진짜 부자가 되고 싶나요?
그렇다면, 지금 당장 할 수 있는 일은 무엇일까요?

인생을 아름답게

"엄마, 육성회비 500원."

"난 문제집 사게 300원만."

아침마다 학교가기 전 벌어지는 어릴 적 풍경이다. 엄마는 돈이 모자라다며 옆집 아주머니에게 돈을 빌려다가 우리 남매에게 주셨다. 7남매 중 중간인 나는 아무 말도 못하고 집을 나섰다.

초등학교 2학년 때 일이다. 문제집을 푸는데 나와 친구의 문제집이 달랐다. 친구들은 300원짜리 문제집이었고 나는 200원짜리 문제집을 산 것이다. 돈이 아깝다고 말이다. 지금 생각하니 참 어이없다. 중학교 때는 쉬는 시간에 매점에서 50원짜리 튀김만두와 과자를 사먹는 친구들이 부러웠다.

학교 다닐 적 나는 부모님께 돈 달라는 말을 거의 안 했던 것 같다. 큰오빠, 큰언니는 하고 싶은 거 다 한 것 같은데, 나는 돈은 쓰면 안 되는 것으로 여겼다. 그리고 돈을 막 쓰면 나쁜 사람이 될 것 같았다. 돈을 묶어두고 싶었다. 하지만 웬걸, 내 마음과 반대로 돈은 통장을 거쳐 스르르 없어졌다.

돈도 자기가 가고 싶은 곳, 가야할 곳이 있었던 걸까? 왜 나에게 머물러 있지 않고 다른 곳으로 가려고 했을까? 《김밥 파는 CEO》의 저자 김승호 회장이 말했다. 돈도 인격이 있다고 말이다. 그럼 내가 돈을 인격체로 대하지 않고 무조건 잡아 두려고만 해서 나를 떠나는 거였을까?

사실 돈의 속성을 몰라 어떻게 다루어야 하는지도 몰랐다. 안 쓸 때는 구두쇠처럼 굴다가 쓸 때는 또 펑펑 써버렸다. 이렇게 살다가는 정말 원하는 삶을 못 살겠구나 싶었다.

내가 변해야 한다. 그래야 원하는 삶을 살 수 있기 때문이다.

그래서 이제는 돈이 들어오면 돈에게 말을 한다.

"나에게로 와줘서 고마워. 우리 잘 살아보자."

"나와 다른 사람의 건강과 행복을 위해 잘 쓰임받자."

나에게 오는 돈으로 나는 이런 일을 하고 싶다. 삶이 힘들어 지친 사람들에게 또는 더 잘 살아보고 싶은 사람들에게 공간을 제

공해 주어 놀면서 배우는 곳을 만들고 싶다. 꿈이 생기니, 10년 후 나의 모습이 떠올랐다.

2034년, 대지를 구입할 돈 100억을 모았다. 그리고 오늘 7개의 건물이 있는 〈인생을 아름답게〉 연구소의 준공식이 거행된다. 소나무와 주목나무, 편백나무로 둘러싸인 산이다. 황토건물과 강의장, 글 쓰는 공간, 치유의 방, 너른 텃밭과 잔디밭이 있는 야외에서 준공식이 펼쳐졌다. 청소년들이 청소년들을 이끄는 멘토교실이 있고 술, 담배, 게임중독에서 벗어나고 싶은 이들을 공동체로 함께 섬길 전문가와 섬김이들이 함께했다.

대지를 구입하고 건물이 올라가는 동안 7명의 정예부대인 멤버들과 서로 언쟁을 벌이기도 하고 울기도 했다. 그러나 서로의 믿음이 있었기에 끝까지 올 수 있었다.

"뜨거운 가슴으로 서로에게 가치 있는 삶을 나눕시다."

서로의 건배사에 잔을 높이 들고 진심으로 응원한다.

 인생 2막, 지금부터 시작입니다.
10년 뒤 당신은 얼마의 돈을 모은 부자가 되고 싶나요?
그리고 그 돈을 어디에 쓰고 싶으신가요?

진짜 부자

"돈을 쓰는 것도 재미있지만 모으는 게 더 재미있다."
첫 월급을 타온 사회초년생의 나에게 엄마가 말씀하셨다. 나는 월급에서 50만 원을 떼어 2년 만기 정기적금에 가입했다. 엄마 말씀이 맞았다. 적금액이 쌓일수록 자신감도 올라갔다. 천 원짜리 한 장 허투루 쓰지 않는 엄마였다. 엄마는 힘들게 장사를 하셨지만 밤마다 그날 벌어 오신 돈을 세어보시고 오늘은 얼마를 벌었다며 뿌듯해하셨다. 하루 종일 바빠서 앞치마에 급하게 구겨 넣었던 지폐를 밤마다 가지런히 모아 정리하셨다.

엄마의 가르침을 계속 따르지는 못했다. 아이를 낳자 잘 키우고 싶은 욕심에 계속 책을 사들였다. 집은 책으로 둘러싸였다. 지금 생각해 보면 불필요한 책도 많았다. 규모 있게 사서 잘 활용했어야 했다. 내 아이가 뒤쳐질까 하는 불안을 소비로 메우려 했던 것 같다.

수입이 많아지자 씀씀이 또한 커졌다. '내가 얼마를 버는데 이 정도는 써도 되겠지.'라는 생각에 카드를 남용했다. 정작 꼭 필요한 돈은 모아놓지 못해 곤란을 겪기도 했다. 가계부를 쓰지 않는게 가장 큰 문제였다.

더 이상은 대충 살지 말자고 결심했다. 돈 관리는 공격보다 수비다. 아무리 많이 벌어도 소비가 많으면 돈을 모으지 못한다. 저축을 먼저 해야 한다. 가계부를 쓰고 재정을 철저히 관리했다. 수입과 지출의 균형을 맞추고 지출 내역을 보며 반성했다. 남에게 베푸는 사람이 되고 싶었다. 남에게 아쉬운 소리를 하고 싶지는 않았다. 재정 노트를 마련해 계획하고 기록했다.

'부자처럼 보이려 하지 말고 진짜 부자가 되자!'

신용카드를 쓰지 않고 여러 개의 적금을 들었다. '티끌모아 태산'이라고 시간이 흐르자 자산이 모였다. 모인 자산을 잘 운용해서 2031년 50억에 4층짜리 꼬마 빌딩을 하나 장만했다. 1층에는 커피향이 그윽한 카페가 있다. 그 옆에는 바른 먹거리를 파는 식당이 있다. 2층에는 잘 가르치기로 소문난 영어 학원과 수학 학원이 있다. 3층에는 내가 경영하는 사고력 논술학원이 있다. 학생들이 수업에 올 때 신나서 달려온다는 리뷰에 수강 대기생들도 제법 많다. 오랜 숙원인 학생들이 행복한 교육을 펼칠 수 있게 되었다. 실력과 인성을 겸비한 미래의 주역들을 키우는 게 목표다. 형편이 어려운 학생들은 장학생으로 후원하고 있다. 멋지게 자라나는 청소년들을 보면 늘 뿌듯하다.

그동안 반성과 후회, 새로운 다짐과 행동으로 이루어낸 나의 삶, 나의 진심이다. 앞으로 펼쳐질 내 미래가 더욱 기대된다. 오늘도 보람찬 인생이다.

 당신은 누구를 돕고 싶나요?

잘 살고 잘 놀고

북유럽 여행을 하는 크루즈 안.

"배 안에 있는 모든 음식이 공짜입니다. 방안에 있는 냉장고의
음료며 주류까지요. 심지어 룸서비스 받은 것까지 이미 회사가
돈을 다 지불하였답니다."

'돈 하면 떠오르는 것은?'이라고 나에게 질문한다면, 2009년도
북유럽 크루즈의 트립이 생각난다. 소련에서 시작하여 스웨덴,
덴마크, 핀란드 등 다양한 나라의 항구에서 북유럽의 풍경을 감
상할 수 있었다. 배안에서 바라보는 먼 바다와 밤마다 다른 항
구로 떠날 때 울리는 뱃고동 소리 모두가 멋있었다.

매년 목표를 이룬 사람들과 함께 떠나는 팀엘리트 여행은 여유와 고급스러움 그 자체였다. 세계적으로 성공한 연사들을 모시고 세계 흐름과 성공전략을 공부하고 일정지역을 여행하였다. 지난해 잘한 것들을 국가마다의 통계를 바탕으로 앞으로의 전략들도 나누었다. 각 나라에서 가장 성과가 좋은 리더의 스피치와 밤마다 선물 나눔이 있었다. 비전, 목표, 전략, 나눔, 에너지. 돈 하면 떠오르는 것과 연결되어 있는 소중한 가치들이다. 경험해 보았고 이루어 보았기 때문에 알 수 있다.

먼저 알게 된 정보와 경험을 다시 잘 다듬어서 많은 사람들과 나누는 것이 돈이라는 결과물로 나타나는 것. 이 얼마나 멋진 일인가! 내가 가지고 있는 돈에 대한 에너지와 경제 습관은 내 경험과 소비를 수입으로 선순환시키고 있다.

20년 전, 혼다 켄의 《돈의 IQ. EQ》라는 책을 만나면서 돈에 대한 패러다임이 달라졌다. 돈 공부를 하고 나눔 하면서 수입이 기하급수적으로 올라갔다. 초등학교 시절부터 부자가 되고 싶다고 노래를 불렀기 때문에 스승들이 늘 나타났다. 돈의 EQ는 높았다는 생각을 하였지만 IQ는 더 보완하여야 함을 알아차렸다.

최근에는 《돈, 일하게 하라》 책을 읽고 나눔하면서 목표가 더욱 선명해졌다. 매주 한 권 이상 돈과 경제에 관한 책을 읽고 나눔

하는 전략적인 독서 시간을 만들었다. '돈 걱정'을 하는 것이 아니라 '돈 생각'을 하면서 '돈 공부 하자.'라는 말을 자주 하였다.

잘못된 패러다임을 버리고 새롭게 변화하고픈 사람들에게 돈이 되는 정보를 공유하고 공부하는 수업을 하고 있다. 공부한 벗들이 부자가 되어 시간적, 공간적, 경제적 자유를 누리며 함께 잘 살고 잘 놀고 싶다.

2027년 내 나이 67세.

100억 현금을 가진 자산가가 되었다.

돈이 일하게 하여 부자가 되었다.

시간과 돈에 구애받지 않고 하고 싶은 여행을 마음껏 하며 공부하며 살게 되었다.

일상이 기적이다.

스승을 만나고 변화를 원하는 후배들을 만난다.

하루하루가 고맙고 귀하다.

일찍감치 돈을 생각하고 돈의 본능을 공부한 덕분에 넉넉한 내가 되었다.

1년 후, 3년 후, 10년 후, 20년 후의 나를 생각하고 이미지로 만나 보았다.

이제는 여러분 차례다.

여러분, 돈 공부 함께 해요!

20년 후에도, 30년 후에도 짱짱하게 잘 살아가게요.

연락 주세요.

이정숙.

010 3818 4280.

 20년 후에도 지금만큼의 돈이 있기를 바라나요? 이유는요?

진짜 시작

"애들한테 돈을 보이면 안 돼!"

어린 시절, 엄마는 돈을 세다가도 내가 오면 재빨리 이불 속으로 숨기곤 하셨다. 그래서 나에게 돈은 아무나 가질 수 없는 무서운 것으로 여겨졌다. 부자들은 다 이기적이며 행복하지 않은 사람들일 거라는 생각도 하게 되었다.

어른이 되어 들었던 최악의 말은 '돈 많은 남자는 다 바람피운다.'였다. 그 말을 들은 이후로 나는 남자를 볼 때 색안경을 끼게 되었다.

돈을 쓰지 않으려 하고 모으기만 하셨던 엄마로부터 가장 큰 영향을 받은 나는, 오래된 물건뿐만 아니라, 남은 음식도 아까워 못 버리는 좋지 않은 습관이 있다. 그래서 위장에 탈이 많이 나곤 했었다.

잘못된 경제 습관 중 하나는 적은 돈은 아끼면서 애써 모은 큰 돈은 쉽게 써버린다는 것이다. 생각지도 못했던 충동구매로 30년 전에는 이백만 원짜리 청소기를 사서 남편을 당황하게 만들기도 했다(하지만 아직도 그 청소기를 사용하고 있다).

'어릴 때 돈을 알면 안 된다.'라는 엄마의 가르침으로부터 물려받은 돈에 대한 개념은 나의 아들에게도 흘러갔다. 아들은 초등학생이 다 지나가도록 가게에 가서 돈을 내고 과자를 사 먹을 줄 몰랐다고 한다(감사하게도 아들은 네 살짜리 나의 손주에게 돈을 주어 스스로 저금통에 넣게 하는 아빠가 되어 있다).

돈을 벌거나 나누고 쓰는 일에 미숙하기만 했던 내가 60세가 넘은 나이에 돈 공부를 시작했다. 경제 관련 책을 읽고 진정한 부자가 되는 법을 배우고 있다. 돈을 규모 있게 쓰는 방법과 돈이 삶에서 '절제'를 훈련시킨다는 사실을 깨닫고 놀라웠다. 돈이 나를 좋아하도록 긍정적인 생각을 가지고 올바른 지식과 환경을 만들어야 돈이 나에게 온다고 한다. 이제 행복한 부자가 어떤 것인지 그 감정도 느껴보고 싶다. 돈의 종이 아니라 내가 돈의 주인이 되어 많은 돈도 벌어보고 싶은 마음도 생겼다.

"욕심을 채우기보다 진정한 사랑을 채우라!"라는 말이 있다.

그래서 내가 가장 의미 있다고 생각하는 삶인 '이 지구상에 헐벗고 굶주린 아이들에게 풍성한 나눔을 하는 나'를 상상하며 미소를 짓는다. 더불어 하나님 사랑까지 전하는 보람과 복된 노후로 진짜 행복한 삶을 살 것이다.

나는 나에게 벅찬 마음으로 외치고 선포한다.

"5년 뒤 나는 100억 자산가가 될 것이다!"

지금의 기회와 배움을 잘 활용하여 건강한 경제 습관과 행동으로 반드시 나는 변화되고 성공할 것이다. 가슴 벅찬 그 순간 내 옆에는 진심으로 기뻐해 주고 지지해 주는 남편과 아들이 있을 것이다. 그리고 목표를 이룬 내가 나에게,

"그때라도 시작하길 정말 잘했어!"라고 아낌없는 칭찬을 해 줄 것이다.

 5년 뒤 이루고 싶은 꿈이 있나요?
그 꿈을 이루기 위해 얼마만큼의 돈이 필요하나요?

도움이 되는 부자

'아껴야 잘 산다.'라는 말이 떠오른다.

정말 아낀다고 잘 사는 걸까?

나는, 길 가다 주운 십 원짜리 동전도 돼지 저금통에 넣었다. 하지만 아파서 병원에 가면 그간 모았던 돼지 저금통의 돈보다 훨씬 많은 돈이 필요했다.

잘 살고 싶었다. 돈이 많고 지위가 높으면 부자라고 생각했다. 어린이집 교사를 하다가 돈을 더 벌 수 있을 거라는 기대로 원을 운영하게 되었다. 돈을 많이 벌어서 당당하게 살고 싶었던 것이 진짜 이유였다. 열심히 원을 운영하며 돈을 몇천만 원 모았다.

하지만 몸과 마음의 건강을 잃어가고 있었다. 나를 제대로 살피지 않았다. 과거의 아픔에서 벗어나지 못하고 회복되지 않은 상태였다. 결국 마음의 회복을 위해 상담 비용으로 많은 돈이 지출되었다. 몸을 회복하는 데에도 돈이 들었다. 그 외에도 헛된 것에 돈이 지출되는 일이 발생했다.

지금은 돈을 많이 벌어서 부자가 아니라는 것을 안다.
새나가는 돈을 아끼면 된다. 사고 싶은 옷이 눈에 띄어도 세 번은 고민하고 결정한다. 무엇보다 건강을 지켜야 하는 부분에서 건강기능식품을 섭취하면서 식습관과 운동 등으로 건강 관리를 하며 병원비로 지출되는 부분을 줄이고 있다. 미리 건강검진을 통해 건강할 때 건강을 지키는 것도 방법이다.

내가 가진 것이 적을지라도 나눌 줄 아는 사람이 진정한 부자다. 돈은 많지만 정말 써야 할 곳이 어디인지 모르고 자신의 필요와 욕구만을 위해 쓰는 것은 무의미함을 깨달았다. 돈의 많고 적음을 떠나서 나눌 수 있는 마음이 부유한 부자로 살고 싶다. 돈이 없어 먹지 못해 굶는 아이들, 아파도 병원에 가지 못하는 아이들이 생각난다. 내가 있는 이 땅에도 도움이 필요하지만 다른 나라의 선교를 위해 돈을 쓰고 싶다. 또한 가능하다면 돌봄과 배움이 필요한 나라에 어린이집을 세우는 일을 하고 싶다.

2028년 나는, 10개국에 매월 100만 원씩 영유아를 위해 선교하는 부자가 되었다. 그리고 2030년에는 10개국 중 한 나라에 어린이집을 세워 영유아를 위한 선교사역을 하게 되었다. 하나님 나라를 위해 진정 해야 할 일을 하는, 도움이 되는 자로 그 자리에 있기를 소망한다.

어린이집에서 오래 근무하면서 나는 아이들을 그렇게 사랑하지 않는데 왜 이 일을 하고 있을까를 고민한 적이 있다. 그곳은 나를 정금같이 쓰기 위한 연단의 장소였다. 원에서 만났던 많은 아이들, 학부모님들, 교사들, 원장님들이 배움의 기회를 주었다. 쓰임을 받는 곳에 든든한 후원을 해 준 남편과 가족들, 기도로 물질로 후원해 주시는 원장님, 목사님께 감사하다. 나의 자녀들 사랑 아들, 기쁨 큰딸, 보배 하은이가 소중하듯 모든 아이들이 귀하다. 이 일들을 글로 쓰고 책으로 출판하고 훗날 가는 곳마다 간증을 하게 될 것이다.

 당신이 돈 많은 부자가 된다면 무엇에 가장 많은 돈을 쓰고 싶은가요?

고맙다 효원아!

"우리 가족은 왜 집이 없을까?"

어릴 적 읍 단위 시골에 살았지만 2년에 한 번씩 이사를 다녔다.

학년이 올라갈 때마다 가정환경 조사가 있었다.

나는 그 시간이 싫었다.

친구들이 다 보는 데서 무료급식을 먹는다는 이유로

손을 들어야 했다.

그럴 때마다 생각했다.

'가난은 부끄러운 거구나.'

시각장애가 있는 아버지를 대신해 통장정리를 할 때면

232

국가보조금은 다 빠져나가고 없었다.

그래서 마이너스 통장에서 돈을 찾아왔다.

마이너스 숫자가 커질수록 내 마음에 불안과 두려움도 커져갔다.

돈은 신기루 같았다.

부모님의 이혼도 돈 때문이라고 생각했다.

아버지는 매일 술을 드셨고 한 번도 일하지 않으셨다.

국가보조금과 마이너스 통장, 무분별하게 발급해 준 신용카드가

아버지의 마이너스 삶을 지탱해 주었다.

가난이 계속될 거라는 생각에 나는 늘 불안했다.

성인이 된 후에도

'가난은 창피해. 난 돈이 없어. 돈을 벌어야 해.'라고

늘 생각했지만

돈이 있으면 빨리 써버려야 마음이 편했다.

돈은 문제를 일으키는 원인이었고 불안함 그 자체였다.

항상 나에게 돈은 부족한 것이고 모을 수 없다는 생각을 했다.

돈이 나에게 오지 않아서, 돈이 없어서 가난했던 것이 아니었다.

내 생각이 날 가난한 사람으로 만들었다.

감사일기와 《더 해빙》 책을 통해 명확하게 알게 되었다.
'없음'이 아닌 '있음'에 집중하기.
아무리 많은 돈이 있어도 생각이 바뀌지 않으면
영원히 가난할 것이다.
대부분 사람들은 최소 30억 이상의 돈을 가지는 운을
타고난다고 한다.
부자라서 편안한 것이 아니라
편안한 마음이 부자가 되도록 이끌어준다는 것이다.

2024년을 돈 세미나 공부로 시작했다.
돈을 탓하며 보내는 시간 대신에
내가 원하는 삶을 위해 돈이 나를 지원하는 구조를 선택했다.
돈이 주체가 아닌 내가 주체인 삶이다.
이렇게 간단한 진리를 깨닫는 데 참 오랜 시간이 걸렸다.
내 책상 앞에는 메모지가 빼곡하게 붙어있다.

'2031년 30억이 모였다.'
'나는 2041년에 100억 자산가 되었다.'
'나는 55세에 가난한 생각으로 사는
사회취약계층을 위한 사회적 기업을 만들어
삶을 힘 있게 살 수 있도록 그들을 지원하고 돕는다.'

미래로부터 창조하고 지금 현재를 살아가는 힘을 얻었다.

끌어당김의 법칙은 늘 존재했다.

내가 이루고자 하는 것이 있다면 그곳으로 길을 안내한다.

좋은 멘토는 늘 나를 찾아왔다.

60대에도 끊임없이 배우고 성장하는 선생님들.

글쓰기와 나눔으로 마음을 치유해 준 작가님들.

부족하다 할 때 충분하다 응원해 준 동료들.

조건 없는 사랑과 무한한 지지를 보내 준 가족들.

협업의 힘으로 성공을 가져다준 대표님들.

30년 뒤 내가, 지금의 나를 만난다면 무슨 말을 할까?

"고맙다, 41살 효원아!

네 덕분에 내가 지금 편안한 삶을 살고 있구나!"

생생하게 느껴졌다.

미래의 내가 지금의 나를 바라보고 인정하고 사랑하고 있다.

 돈에 대한 부정적인 기억이 있나요?

나는 결심했다

아빠의 책 속에서 돈뭉치를 보게 되었던 어린 시절. 호기심에 돈을 세어보다가 아빠에게 들키고 말았다.

"대체 뭐 하는 거야?" 눈에서 불을 뿜으며 아빠가 호통을 치셨다. 천둥이 치는 듯한 아빠 목소리에 내 심장은 쿵쾅쿵쾅 방망이질을 당하는 것 같았다. 숨을 쉴 수 없었다.

이 글을 쓰면서 옛날 기억 중 돈에 대한 내 감정이 어떠했는지 발견하게 되었다. 돈을 만지며 신기해하고 즐거워하기도 했지만, 아빠의 꾸지람 때문에 두려움과 공포심을 느꼈던 순간도 생생히 떠올랐다. 그때부터 돈을 함부로 만져선 안 된다는 생각을 갖게 되었던 것 같다. 그래서 그런지, 돈이 들어오더라도 모래성이 순식간에 무너지는 것처럼 금방 없어지는 허무한 느낌이 들었다. 돈이 들어오면 이것저것 나가는 생각이 많이 들어 풍요보다는 결핍의 감정이 컸다. 그리고 자꾸 돈을 쓰고 싶은 충동이 들었다.

이제는 쓰디쓴 생각과 감정의 뿌리를 끊고 싶다. 한 방울 한 방울 물이 모여 강물을 이루고 바다를 이루듯 나에게 돈이 모아지고 있다. 나는 풍족하다. 나는 부자이다. 나는 여유롭다. 나는 생각을 바꾸기로 결심했다. 나는 부자로 태어났고 부자가 되기로 결심했다.

억눌렸던 감정에서 벗어나 자유로움으로 돈을 바라보고 싶다.

생각해 보면, 나는 이미 풍족하고 넉넉한 삶을 살고 있다. 그런데도 무언가를 새로 사고 싶어 하는 욕구가 계속해서 들었던 이유는 결핍감 때문이었던 것 같다. 없는 것에만 초점을 맞추는 삶이 아니라 이미 있는 것에 감사하며 공유하는 삶으로 전환해야겠다는 생각을 했다. 이를 행동으로 옮겨 옷장을 정리하고 차곡차곡 쌓아 둔 물건들을 미니멀하게 바꿔 나가고 있다.

마인드의 변화를 통해 취업을 꿈꾸는 사람들을 돕는 일에 진심으로 전념했다. 2027년, 나만의 1인 기업을 성공시켜 연간 10억 원의 매출을 올렸다. 나의 목표는 목숨을 걸고 선교에 힘쓰는 진정한 선교사님들을 힘 있게 지원하고 돕는 것이다.

나의 성공을 곁에서 묵묵히 지켜보며 지원해 주는 남편이 사무
실 문을 열고 들어왔다.

"그동안 고생 많았어. 자, 여기."

남편이 차 키를 내밀었다.

"이게 뭐야?"

"당신이 그토록 갖고 싶어 했던 드림카. 고생 많았어."

우리의 환한 미소가 사무실 안을 가득 채웠다.

"이제 드라이브 가볼까?"

나는 세상을 다 가진 듯한 행복으로 남편의 팔짱을 꼈다.

'돈'에 대해 좋은 감정을 가질 수 있기 위해, 나에게 해 주고 싶은
확언 한 문장을 써 볼까요?

Chapter 4

죽음 : 처음이자 마지막 경험 앞에서

우리는 오래 가고 변함없는 조화보다,
금방 시들어버리는 생화를 좋아합니다.
계절의 변화로 사라질 벚꽃이나 단풍을 보기 위해
일부러 시간과 돈을 들여 여행을 갑니다.
왜일까요?

우리의 삶을 가치 있게 만들어 주는 취약성 때문입니다.
죽음 또한 마찬가지입니다.
얼마나 취약합니까?
또한 얼마나 강합니까?
취약성과 강함을 모두 갖추고 있는 죽음 덕분에
삶을 반추하며 잘 살아가리라, 의지를 다지게 됩니다.

'아침의 베란다에서 거리를 내다본다.
파란색 희망 버스가 지나간다.
저 파란 버스는 오늘도 하루 종일
정거장마다 도착하고 떠나고 또 도착할 것이다.'

| 김진영. 아침의 피아노 |

임종 3일 전, 병상에서 메모장에 글들을 써 내려간
김진영 작가님의 글을 읽으며 생각합니다.
우리의 죽음이,
우리의 삶이,
누군가에겐 파란색 희망 버스가 되기를,
누군가에겐 정거장이 되기를 바랍니다.

우리의 아름다운 죽음을 위해
글, 건배!

Q1 내 인생의 마지막 순간임을 알게 되었을 때 몸의 기운이 어떠할 것 같은지 써 보세요.

예. 깃털처럼 가벼워진 나의 몸. 하늘로 떠오르는 것 같다.

Q2 죽음을 앞둔 순간, 당신 주변에서 어떤 소리가 들릴 것 같나요?

예. "참 열심히 살았지." 째깍째깍 시계 초침 소리 사이로 친구의 말이 들린다.

Q3 그리고 어떤 냄새가 나고 어떤 감촉이 느껴지나요?

예. 아침마다 내려 마시던 커피향이 난다. 그리고 내 머리카락을 쓸어 넘기는 남편의 손.

Q4 그동안 열심히 잘 살아온 자신을 마음껏 인정해 주고 축복해 주세요.

예. 미정아, 애썼네. 아들 셋 키우며 일하며 울고 웃으며 생을 만들어 왔던
순간들.
진즉에 돌봐 주고 토닥거려 주었어야 하는데 미안하이.
지금이라도 진심을 전하려 해. 참 잘 살았다. 참 멋지다.

Q5 사랑하는 지인들에게 한 마디 남겨주세요.

예. 여보, 변함없는 사랑으로 나를 지켜준 세월에 감사해요.
우리 아들들, 엄마 아들로 지구에 와 주어 고마워.
축복하고 사랑해.

보람 있게 보낸 하루가
편안한 잠을 가져다주듯
값지게 쓰인 인생은
편안한 죽음을 가져다준다.

| 레오나르도 다빈치 |

마지막 인사

검사 결과를 들었다. 좋지 않을 것이라는 직감이 맞아 떨어졌다. 누적된 피로와 심상치 않은 안색이 나의 건강 상태를 말해주고 있었건만, 늦게 병원을 찾았다. 나보다 더 떨고 있는 신랑이다.

"당신은 꼭 나보다 더 오래 살아야 해. 그래야 빈자리의 소중함을 알지."

신랑에게 농담처럼 했던 말이 현실이 되었다. 처음 보는 신랑의 눈물이다.

병원 밖을 나오는데 햇살이 너무 따사롭다. 진동이 느껴진다. 나는 얼마나 더 이 진동을 느낄 수 있을까? 유난히 따뜻했던 신랑의 손이 오늘따라 더 따스했다. 순간 다리에 힘이 풀려 신랑의 팔을 힘껏 잡았다. 깜짝 놀란 신랑이 괜찮냐는 말을 연신 했다. 그 말이 동굴의 메아리처럼 울렸다. 주변 사람들의 소리가 희미해지고 있다. 햇살을 느끼고 싶어 벤치에 앉았다.

길 건너 열차가 지나간다. 나는 얼마나 더 볼 수 있을까?

걱정되어 연락 온 아이들의 전화를 받았다.

"엄마!"

나는 이 소리를 얼마나 더 들을 수 있을까?

차에 올라탔다. 익숙한 방향제 향기인데, 오늘따라 유난히 내 코를 자극한다.

차창 밖 풍경을 보니 아이들 어린 시절, 도시락 싸들고 여행 가던 시간들이 떠올랐다. 새벽같이 일어나 김밥, 볶음밥, 과일 등을 챙겼다. 참기름의 고소한 향이 온 집안에 퍼졌다. 힘들다 여겼던 그때가 지금 떠오르는 것은 왜일까? 신나하던 아이들의 얼굴도 떠올랐다.

띠리릭.

현관문 열리는 소리가 났다. 아들이 급히 뛰어 들어오며 나를 와락 껴안았다. 흐느끼는 아이의 어깨를 토닥토닥 쓸어주었다. 뒤이어 들어온 딸이 나를 부르더니 주저앉아 울었다. 왜 더 많이 안아주지 못했을까. 왜 더 많이 사랑한다 말해주지 못했을까.
내 품에서 우는 딸아이를 더욱 꽉 안아준다. 뜨거운 눈물에 어
깨가 축축해진다.

메멘토 모리.
언젠가는 죽는다는 것을 기억하며 살았기에 지금 이 순간을 감
사히 받아들일 수 있다.
아모르 파티.
나의 인생을 사랑하며 즐기며 살았다. 나를 사랑하고 느끼고 표
현하며 살아왔다.

'경애야, 잘 살았다. 잘했어.'
지금이라도 나를 인정해 준다.

감사합니다.
나를 있게 한 그 모든 것에 감사합니다.
튼튼한 두 발로 자유롭게 다닐 수 있음에,
자유로운 두 팔로 원하는 것을 표현할 수 있음에,
두 눈으로 찬란했던 삶의 푸름을 볼 수 있었음에 감사합니다.
이제 마지막 인사를 전합니다.
엄마, 아빠, 나의 신랑아, 수빈아, 경욱아.

나에게 와 주었음에

곁에 있어주었음에

사랑할 수 있었음에

감사하고 사랑합니다.

 지금이 당신 인생의 마지막 순간이라고 생각한다면, 당신을
어떤 말로 인정해 주고 싶나요?

한 걸음

몸이 가벼워져 붕 떠있는 듯하다.

지금까지 내가 살아오면서 경험해 보지 못한 새로운 경험이다.

죽음을 자주 생각해 봤지만 이렇게 맞닥뜨리니 설렘과 두려움이

동시에 느껴진다.

"여보, 사랑해. 당신과 함께 한 나날들이

나에게는 큰 기쁨이었어.

수고 많았어요. 우리 천국에서 만나요."

"엄마, 감사해요. 엄마의 아들이어서 정말 좋았어요.

사랑해요, 엄마."

내가 사랑하는 가족들이 나와 마지막 인사를 나누고 있다.

내 눈에는 감사와 기쁨의 눈물이 흐르고 있다.

곧 예수님을 뵐 것을 생각하니 내 안에 평안함이 가득해진다.

햇살이 따스한 꽃밭에 있는 듯

싱그러운 풀내음과 꽃내음이 난다.

어느 새 남편과 아들들이 내 손에 그들의 손을 포개어

기도해준다.

그리고 나를 따뜻하게 안아준다.

민경아, 수고 많았어.

도망가고 싶을 만큼 힘들 때도 많았지?

너의 상처와 쓴 뿌리로 인해 무너지기도 했지만

그 과정을 잘 견디어내었음에 고마워.

용기를 내서 내디뎠던 한 걸음.

그 걸음을 통해 가정이 살아났고 주위의 사람들이 살아났단다.

고마워.

사랑해.

축복해.

나의 소중한 아들 준영, 준서야.

엄마 아들로 태어나줘서 고마워.

너로 인해 엄마가 되었고 행복했단다.

사랑해, 우리 아들.

감사와 평온으로 죽음 앞에 설 수 있는 나의 삶을 축복한다.

 당신의 죽음은 어떤 감정을 닮아 있을 것 같나요?

#김민주

나의 마지막 소원

온 몸이 나른해지니 눈꺼풀이 무겁다.

눈을 감으면 사랑하는 아들을 다시 못 볼 것 같은 두려움.

혼신의 힘을 다해 눈을 뜨고 있는 내가 대견하다.

"엄마가 내 엄마여서 고마워요.

 나한테 넘치는 사랑 주셔서 감사해요."

무거운 내 눈꺼풀에 입맞춤하는 아들의 부드러운 입술.

내 볼을 타고 흐르는 아들의 눈물에 마음 한편이 아려온다.

"엄마 아들로 살아줘서 고맙고 사랑해.

 언제나 네가 외롭지 않기를 기도할게."

따뜻한 아들의 사랑이 내 마지막 길을 편안하게 해 준다.

고소함이 가득한 김밥. 아들이 직접 만들었다고 한다.
프리지아의 상큼함에 코끝이 찡하다.
"엄마가 제일 좋아하는 김밥과 꽃이야. 내 마음이야."
엄마의 취향을 기억해 주는 멋진 아들이다.

따뜻한 아들의 손이 내 몸을 감싸 안았다.
"엄마 사랑해요. 이제 내 걱정 말고 편안하게 쉬세요."
우리 둘, 온몸으로 서로의 사랑을 느낀다.

진짜 고생했고, 너무 너무 잘 살았어.
긴 시간을 싱글맘으로 살면서 아프고 힘들었던 순간들도
덕분에 하나뿐인 아들과 누구보다 행복했던 순간들도
딸로서, 엄마로서 충분히 잘 살아낸 민주야.
이제부터는 오롯이 너로 살아가는 거야.
민주야, 사랑해.

세상에 태어나서 엄마가 제일 잘한 일은 너를 만난거야.
엄마가 행복하게 살다 떠날 수 있게 해 줘서 고마워.
한결같이 따뜻한 마음으로 가족들과 웃으면서 살아주렴.

엄마의 마지막 소원이야.

나의 전부인 아들 옆에서 편안하게 잠들 수 있음에 감사합니다.

 죽음 앞에서 당신은 누구와 마지막을 보내고 싶으신가요?

인생 풍경

환한 빛이 다가온다.

사랑하는 가족들의 목소리가 귀에 걸리면서,

동시에 따뜻한 빛에 내 영혼이 자연스럽게 다가선다.

살면서 한 번도 느껴보지 못했던 따뜻한 온기와 영롱한 빛이다.

잠깐의 여행을 마치고 이제 진짜 세계로 들어가는구나라는

생각이 스친다.

"한 세상, 잘 살았구나. 이제 편히 쉬렴."

어디에서 들리는 소리인지는 모르겠지만,

내 100여 년의 삶이 한 번에 보상을 받는 듯하다.

나를 보내는 사람들의 머뭇거림과

어서 오라고 환영하는 듯한 하늘의 소리가 뒤섞여 들린다.

먼저 가셨던 우리 엄마 아빠 목소리인지,

내 손을 아직도 꼭 잡고 있는 딸과 남편의 목소리인지,

나를 사랑하는 모든 이의 목소리가 섞여

잘 가라고, 그리고 잘 오라고 한다.

깊은숨을 들이쉬었다 내쉬어 본다.

향긋한 나무 향, 상쾌한 흙내가 내 몸을 씻어낸다.

자연 가까이에 살고 싶다는 소망으로 가득했던 내 삶,

마지막까지 나무와 땅의 푸른 향이 채워지는 듯하다.

늘 덮고 자던 이불의 사각거림이 더 포근하게 느껴진다.

딸의 손에서 전해지는 온기와

남편의 굳은살 박인 손이 느껴진다.

"우리 참 열심히 살았다. 고맙고, 미안하고, 사랑해요."

언젠가 내 죽음을 상상했을 때,

내가 바랐던 건 딱 한 가지였다.

눈을 감는 그 순간에 후회하지 않기를.

완전히 후회 없는 삶이었다고 말할 수는 없지만,

원하는 만큼 도전했고, 성장했고, 깨어있는 매 순간을
참 열심히 살았다.
행복도 좌절도 골고루 느꼈지만,
지금 되돌아보니 결국 남는 건 사랑인 것 같다.
매 순간, 열심히 사랑하며 살았구나.
그래, 그랬구나.

인간 모두에게 한 번씩은 주어지는 지구 별 여행 티켓.
이 여행 중에 만났던 햇살과 바람,
행복했던 식사
그리고 나의 소중한 사람들.
덕분에 이번 여행은 참 풍요로웠습니다.
제게 와주셔서 감사합니다.

 당신 인생 사진첩의 첫 장을 장식할 인생 풍경은 무엇인가요?

그래

11월 11일. 111세.

오늘은 다른 날들과는 달랐다.

몸은 무언가 힘이 빠진 느낌인데 정신은 무엇보다 말똥한 느낌.

하여튼 오늘은 확실히 뭔가 달랐다.

이게 사람들이 말하는 '죽음'일까?

사람이 죽기 전에는 자신이 알아차릴 수도 있다고 하지만,

막상 그런 순간을 맞이하니 기분이 참….

묘했다.

씻기 위해 화장실로 가서 세면대의 물을 튼다.

아래로 흐르는 물소리를 들으며

나의 남은 시간이 흐르는 소리를 듣는다.

이 물을 잠그면 나의 남은 시간도 그칠까.

느려진 걸음걸이로 부엌엘 왔다.

밥솥의 취사 버튼을 누른다.

위로 사라지는 수증기 소리를 들으며

나의 수명이 사라지는 소리를 듣는다.

이 밥솥이 멈추면 나의 수명도 없어질까.

계속 생각하다간 암울해질 것 같아 아침을 차리러 부엌으로 갔다.

차리다 보니 반찬이 조금 많아졌다.

여러 가지 음식 냄새가 났다.

때깔 좋은 소고기부터, 김치, 잡채, 계란말이, 해물완자,

콩나물무침 등등.

맛있는 음식 냄새의 조화가 나와는 너무도 상반된다.

감상에 계속 젖어있다간 배고파 죽을 거 같아서

얼른 수저를 들었다.

이것이 최후의 만찬이 될 수도 있겠지.

하지만 죽더라도 저녁까진 먹고 나서 죽었으면 좋겠다.

먹고 죽은 귀신이 때깔도 곱다지 않은가.

거실 흔들의자에 앉아 지난날들을 회상해 본다.

나무로 된 흔들의자의 딱딱함과는 다르게

나의 마음은 편안하다.

옛날부터 남 돕는 걸 좋아했던 나는 나누고 베풀며 살았다.

그러다 보니 잃는 것도 생기고 눈물도 생겼다.

나는 남들을 도운다, 도운다.

남들은 나보고 또 운다, 또 운다.

나에게는 수많은 선택의 기회가 있었고, 그 결과가 지금이다.

후회도 많이 했지만, 늙어보니 꽤 만족스러운 삶을 산 것 같다.

내가 도움을 주었던 사람들 중 몇몇과는 아직까지도

연락하고 있으니 말이다.

그래, 덕분에 난 허울 없이 도울 수 있었고, 즐거울 수 있었다.

바쁜 세상을 살아간다고는 하지만

사람들이 한 번씩은 자신을 되돌아봤으면 좋겠다.

과거, 현재, 그리고 미래까지.

죽어가면서 되돌아봐야 무슨 소용이겠는가.

지금이라도 좋으니 자신을 깊이 들여다보길 바란다.

 당신은 죽음을 얼마나 많이 생각해 보셨나요?

떠날 채비

눈알을 굴려보고 손가락 발가락을 꼼지락거려 본다.

살아있는 느낌이 참 좋다.

무의식의 심연에 가라앉아 있던 기억들이

하나씩 하나씩 수면 위로 고개를 내민다.

그러기가 멈추지 않는 걸 보면 이러다가 지나간 일들을

속속들이 대면할 것 같다.

어떤 기억은 입꼬리가 올라가게 하고 어떤 건 침울하게 만든다.

몸의 통증은 어디 어디가 아픈지 셀 수 있을 정도로 줄었다.

근자에 자주 하던 생각인데

지금까지 내 집이 되어준 몸이 참 고맙다.

"아빠가 대단한 사람은 아니어도 내겐 둘도 없는 소중한 사람이야."

"우리에겐 세상에서 가장 훌륭한 아빠예요."

"우리가 이만큼 믿음 생활하는 것도 다 목사님 덕분이죠."

거실에 아내와 아이들 그리고 성도들이

나와 관련된 에피소드들을 나누고 있다.

간간이 재밌는 이야기와 농담들이 오가고

밝은 웃음소리도 이어진다.

그 정겨운 대화들이 나의 마음을 가볍게 해 준다.

예견된 이별의 순간이 왔고 당황스럽지는 않다.

무겁고 침울한 대신 감사와 기대로 맞이하자는 약속이 있었다.

내가 기도하고 바라던 바이다.

떠날 준비가 되었다.

반쯤 열린 창 너머로 민트향이 바람에 실려 온다.

어릴 적 담장 너머 너른 민트밭이 있었다.

작은 이파리를 따서 코에 대면 온 세상이 화해지는 느낌이었다.

그 향기를 음미하며 깊이 숨을 들이키며 천천히 내 쉬어 본다.

'몇 번이나 이 숨이 더 남아 있을까?'

말 한 마디, 생각 한 조각, 아이들의 웃음소리,

햇살 한 자락, 향기 한 모금….

평생을 원도 없이 누렸던 것들 하나하나가 이처럼 소중했었구나.

아내의 따뜻한 손이 내 야윈 손을 감싼다.
아이들은 마지막 산책을 마친 두 다리를 마사지한다.
큰 딸은 엄마를 닮아 손이 맵고 둘째는 나를 닮아 섬세하다.
가장 사랑하는 사람들의 손길에서 전해져 오는 온기는
내 영혼까지 따뜻하게 보듬는다.

애써 눈물을 감추려 고개를 돌리는 아내가 안쓰럽다.
"한날한시에 같이 떠나기로 약속해 놓고 이러는 게 어딨어!"
"약속 못 지켜 미안해. 먼저 가서 좋은 자리 맡아 놓을게."

'그래 이만하면 잘 산 거야.'
검은 머리 파뿌리 될 때까지 함께 하겠다던 약속도 지켰고,
'내 양을 먹이라' 주님 주신 사명 놓지 않고 살아왔고,
두 딸 믿음의 가정 이루어 손주들 건강하게 잘 자라고 있으니,
이만하면 더 바랄 게 없지.

"이마(아내의 애칭), 내 인생에 가장 큰 선물은 바로 당신이었어.
 못난 남편 위해 참아주고 희생하며 믿어 주어 고마웠어.
 이마의 많은 눈물과 애절한 간구 덕분에 여기까지 올 수 있었어.

저 나라 가서도 그 사랑과 섬김 잊지 않을게.

얘들아, 고마워. 너희들 때문에 너무나 행복했어.

잠시 후면 다시 만날 거니까 너무 슬퍼하지 마.

살아보니 더 많이 사랑하지 못한 거 외에는 회한이 없어.

부디 사랑 많이 하며 살아."

내 인생아, 너에게도 고맙다.

사랑하며 살아주어 고맙다.

참 고맙다.

 인생의 마지막 순간, 당신을 행복하게 해 줄 향기는 무엇일까요?

길 끝에 서서

서서히,

내 주변의 모든 것이 침묵한다.

고요하고 아득하다.

찰랑거리는 물속에 잠겨있는 느낌이다.

손주들의 재롱에 자애롭게 웃음 짓던 나의 얼굴과 나의 나날들이

사랑과 설렘으로 반짝이던 젊은 날을,

치마에 달라붙은 꽃잎 한 장에도 까르르 웃던

소녀 시절의 어느 날을,

온몸이 흙투성이가 되어도 마냥 신나 동네를 휘젓고 다니던

어린 날을,

꽤 길었던 인생의 길을

되짚어 나간다.

마침내 그 길의 끝에 서 있다.

"참 선물 같은 사람이었지."

"마지막 순간도 너답다."

"너를 늘 따뜻했던 사람으로 기억할거야."

"엄마, 그동안 고마웠어. 내 엄마로 태어나줘서 고마워요.

 엄마가 내 엄마여서 난 참 좋았어."

내 사람들이 하는 말들.

이들이 내 삶을 꽃처럼 향기롭게 만들어 주었음을 증명한다.

이들이 내 삶에 귀한 가치가 가득할 수 있도록 만들어 주었다.

봄이면 거실이며 책방에 꽂아두곤 했던

달보드레하고 상큼한 프리지어 향기가,

아침이면 항상 내려 마시곤 하던 쌉싸름한 커피 향기와

어우러진다.

어느새 내 곁으로 다가온 두 아들이 나를 꼭 껴안아준다.

장성한 아들들의 몸에서 따뜻한 기운이 느껴진다.

생명의 냄새다.

어린 날 뜨끈뜨끈하던 체온과 달짝지근했던

땀 냄새가 나는 듯하다.

잘 키웠다.

너희들이 하고자 하는 일들을 응원하고 지지해주고

너희들의 말에 귀 기울이는 부모이고자 했으며

어른으로서 삶에 책임지는 모습을 보이며 살아왔다.

당당히 세상에 맞서 살아갈 수 있도록 마음 단단하게,

세상에 보탬이 될 수 있도록 마음 알차게 키웠다.

그래서 너희를 두고 가는 마음도 평화롭다.

너희의 존재를 알았던 그 순간부터

한 순간도 너희를 사랑하지 않은 순간이 없었다.

사랑한다.

사랑한다.

잘 살았다.

아무도 돌봐주지 않았던 것 같은

어린 나를 토닥토닥 어루만지고 안아주며

느리지만 묵묵하게 앞을 향해 걸어왔다.

그 길에서 만나는 모든 사람을 따뜻하게 맞아주었다.

든든한 딸, 현명하고 사랑스러운 아내, 유쾌하고 따뜻한 엄마,

어떤 일이든 믿고 이야기할 수 있는 친구로

주위를 늘 따스하고 포근하게 감싸주었다.

나를 만나는 모든 아이의 보석 같은 면을 찾아주며 성장시켰다.

내게 손 내미는 사람들의 손을 잡아주며

위로하고 응원해주었다.

나의 쓸모를 다하고 사명을 다해,

잘 살았다.

아침이 오면 저녁이 오고 또 다른 아침이 오는 것처럼,

길고 긴 어둠을 담담히 맞서 살아올 수 있었던 이유는

어둠 끝에 반드시 환한 아침이 온다는 것을 믿기 때문이었다.

그래서 오늘 나는 이 길 끝에서 환한 웃음을 짓는다.

그동안 나와 함께 길을 걸어준 모든 사람에게

마지막 인사를 전한다.

고마웠어.

늘 당신들이 행복하기만을 바랄게.

안녕.

 당신 인생의 길 끝에 서 있었으면 하는 사람은 누구인가요?
이유는요?

꼬끼오!

꼬끼오!

나는 닭이다.

1981년생 백미정은 닭띠다.

그는 오늘 죽음을 열고 있다.

나의 비범한 능력으로 그의 집 창문을 통해 그를 바라본다.

새벽 4시 30분.

그가 마지막 새벽 기도를 가기 위해 눈을 뜬다.

수십 년간 보아왔던 숫자 4와 30이 그의 눈에 별처럼 박혔다.

"4시 30분아, 안녕."

그는 중얼거렸다.

검정 코트를 여미고 검정 운동화를 신는다.

씨.

왜 하필 죽음의 검정색일까 싶다.

그러나 나의 편견이리라. 닭 주제에.

그는 무엇을 위해 기도하는 걸까.

내 이럴 줄 알았으면 사람의 마음을 읽을 줄 아는 능력도

배워 놓을 걸 그랬다.

집으로 돌아오는 길,

새벽 공기가 꽤나 차가웠다.

미정이는 두 팔을 벌리고 눈을 감은 채 한동안 길가에 서 있었다.

아, 내가 미처 보지 못한 존재들!

그의 남편과 아들들이다.

그의 열 걸음 뒤에 멈추어 선 그들은 꿈쩍도 하지 않았다.

그의 뒷모습을 최대한 오래 기억하고 싶어하는 듯했다.

내가 안달이 날 때 즈음,

그들은 그에게 다가갔다.

그리고 그의 남편은 미정이와 키스를 나누었다.

평소엔 고개를 돌리며 야유를 보내던 아들 셋은

엄마 아빠의 모습을

또 뚫어져라 쳐다보았다.

백미정, 잘 살아왔구나.
너의 새벽들에 나의 꼬끼오가 부끄럽지 않도록 잘 살아왔구나.
너의 마지막 새벽에 나의 마음을 다해 외쳐본다.
꼬끼오!

 당신 생의 마지막 새벽, 무엇을 하고 싶은가요?

나에게 묻는다

"이제 하루밖에 남지 않았습니다."

귀가 먹먹해진다. 오랜 연인과 이별하듯 가슴이 아려온다. 코끝이 찡해지고 눈물이 차올랐다. 어린 시절, 건물이 무너지고 가스가 폭발하는 등 갑작스러운 사고 뉴스를 접하면서 같은 상황에서도 생(生)과 사(死)를 달리하는 것은 운명에 맡길 수밖에 없다고 생각했다. 그래서 나의 죽음에 대해 초연할 수 있을 줄 알았다.

삶에 대한 미련일까. 불쌍하고 가련하게 여기는 연민이 아니다. 괴로움이나 슬픔을 달래주는 위로가 필요하지도 않다. '무엇을 위해 그토록 열심히 살았을까?' 열심히 살았기에 후회도, 미련도 없지만 평생 나와 살아오면서 얼마나 나를 아껴주고 사랑해 주었던가를 나에게 묻는다.

보랏빛 라벤더 향기가 난다. 황순원의 《소나기》에서 보랏빛을 좋아하는 소녀의 죽음을 예고하듯 보랏빛은 부정적인 의미를 담고 있다고 한다. 하지만 평화와 조화, 사랑의 첫 희망, 행복한 기억, 신비함과 로맨스, 매력이라는 꽃말을 가진 라벤더. 사랑하며 조화롭게 살다가 행복한 기억으로 마무리하고 싶은 나는 보랏빛 라벤더가 좋다.

두 딸이 다가와 말없이 나를 꼭 껴안는다. 그 위로 남편이 우리를 꼬옥 안아준다. 아이들이 갓난아기일 때 품에 꼭 안을 때마다 느꼈던 벅찬 감정이다. 나에게 무엇보다 소중하고 사랑하는 사람들. 어떤 말을 하지 않아도 포옹만으로 사랑을 심어주는 사람들이다.

이 감정, 감사였다.
부모님, 언니, 남편, 아이들, 시부모님으로부터 사랑받고 그들을 사랑하며 살아왔다. '사랑하며'에 주저함이 생기는 것은, 사랑받는 것보다 사랑을 덜 하며 살아온 것인지도 모르겠다. 그들을 사랑한 것보다 그들로부터 더 많이 사랑받으며 살았다. 그토록 자기 자신에 대한 사랑과 믿음, 용기가 중요하다고 말했지만, 정작 나는 나 자신에게 얼마나 그리하며 살아왔던가. 어쩌면 그동안 나에게 가장 필요한 말을 반복하며 살아온 것인지도 모른다.

그렇게 그동안 나 스스로를 믿고 사랑하며 살려고 애썼다. 그것의 소중함과 위대함을 알기에 사람들과 나누며 살고자 했다. 내 말과 글이 세상을 좀 더 아름답게 만드는 데 도움이 되었다면 그걸로 됐다.

내가 무엇을 하든 나를 믿고 나를 사랑하는 사람들.
감사합니다.
사랑합니다.

죽기 전에 딱 한 가지 일만 할 수 있다면 무엇을 하게 될까?
사랑하는 사람들에게
"미안해. 사랑해. 그리고 고마워."
세 마디면 충분할 것 같다.

오늘이 마지막인 것처럼 나에게, 그리고 지금 나와 함께 있는 사람들에게 표현할 수 있기를 바란다.

당신이 죽음을 앞두고 있다면, 소중한 사람들에게 해 주고 싶은
말은 무엇인가요?

평화로다

내 몸이 사해 위에 떠 있는 것 같다. 잔디 위에 누워 있는 듯하기도 하다.

출발지가 있으면 종착역이 있듯 나의 출생은 이제 당연한 그 지점, 종말에 다가왔다. 흙으로 왔으니 흙으로 돌아갈 준비를 하고 있다. 그러나 영혼은 하나님의 부르심 가운데 저 천국 가리라 믿는다.

"평화 평화로다. 하늘 위에서 내려오네. 그 사랑의 물결이 영원토록 내 영혼을 덮으소서."

사랑하는 가족과 성도들의 찬양 소리가, 잔잔한 호수의 물결이 사방으로 퍼져나가듯 춤추며 진동한다.

'열심히 살아온 너를 부르러 왔다.'
주님이 손짓하시는 것 같다.
'네, 주님. 제가 여기 있습니다. 제 손을 잡아 주소서. 저를 안아
주세요.'
말할 기운은 없지만 주님께 내 몸을 맡긴다.
'나는 선한 싸움을 싸우고 나의 달려갈 길을 마치고 믿음을 지켰
으니'
성경 말씀이 떠오른다.

꽃향기가 바람을 타고 솔솔, 나의 코를 자극하며 상큼하게 노크
한다. 평소 꽃을 좋아했던지라 몸이 피곤하다가도 꽃만 어루만지
면 새 힘을 얻기에, 지금의 꽃향기가 얼마나 소중한지 모르겠다.

남편은 도톰한 손으로 내 머리를 쓰다듬어 준다. 그의 얼굴을 내
볼에 대고 아무런 말없이 눈물을 흘렸다. 나도 눈물이 흐른다.
"여보 사랑해, 수고했어."
남편은 누워 있는 나를 안아 주며 말했다. 아들과 며느리가 내
몸을 어루만지며 말한다.
"엄마! 평안한 마음으로 주님 품에 안기세요.'

"어머님, 어머님 신앙생활 본받아 열심히 살게요. 천국에서 뵈
어요."

나도 친정 엄마의 임종 때 "엄마 신앙을 본받아 천국에서 만나
요." 했는데 아들 내외도 그리 말하다니. 잘 살아왔다 싶다.

친정 엄마의 마지막 모습을 기억하고 있다. 엄마 생각이 날 때
마다 하나님 앞에 찬양하며 기도드렸다. 그때 인격적인 하나님
께서 다시 나를 다시 만나 주셨는데 감사하다.

잘했어.

고맙다.

여기까지 잘 왔구나.

말을 아끼고 마음을 지키려 애썼구나.

상대방의 말을 경청하려고 수고가 많았다.

기도가 생명이다.

기특하다.

지금 나에게 해 주고 싶은 말들이다. 사역의 현장에서 말씀과
기도 속에 영혼을 사랑했던 것이 인생 최고의 순간이었지.

"주께 가까이 함이 네게 복이라."

틈틈이 독서를 해 온 덕분에 넓은 시야를 가질 수 있었다. 또한

하나님께서 나에게 허락하신 달란트, 꽃꽂이로 하나님을 섬기며 쓰임 받아서 감사와 기쁨이 넘친 인생이었다. 특히 말씀과 접목하여 나무와 꽃을 자르면서 작품이 완성될 때 흐뭇하고 뿌듯했다. 꽃꽂이로 모든 신음을 잊게 해 주신 하나님.

"사랑한다."

꽃들과 이야기할 때면 꽃들이 나를 향해 방긋 웃어 주었다.

맑은 숨을 쉴 수 있도록 해 준 푸른 숲, 넓은 바다야! 너희들도 고마워!

대자연을 주신 하나님 고맙고, 감사합니다.

특히 남편의 사랑 덕분에 지금까지 올 수 있었다. 남편의 외조에 감사 또 감사하다. 아들 요한이가 우리 가정에 선물로 와 주어 고맙다. 양육하며 행복했었고 하나님께 감사했다.

아들이 가정을 이루고 하나님을 믿음에 감사하다. 며느리의 사랑, 손녀 레아와 주아의 재롱을 보며 감사했다. 믿음의 며느리가 기도하며 남편을 섬기려고 노력하는 모습을 볼 때 고맙고, 감사했다. 아들네 가정이 아름다운 이 세상에서 존귀한 자로 쓰임 받길 원한다.

모든 것이 감사다.

저를 아껴주시고 사랑해 주신 모든 분께 감사드립니다.

감사가 넘칠 수 있도록 해 주신 하나님, 감사합니다.

 죽음을 앞두고 어떤 감정을 느끼고 싶은가요?

애정한다

삐그덕.

내 몸 속 모든 세포가 힘겹게 문을 닫고 있다.

"이제 할 일 다 했네."라고 말하는 것 같다.

"그래, 수고했어."

"내 육신과 한평생 신나게 놀아줘서 고마워. 예쁘게 들어가!"

인사할 수 있는 정신이 있어 감사하다.

결혼식 하객들처럼 많은 사람이 모였다.

나는 그들에게 둘러 쌓여있다.

두 눈 가득 맺힌 서로의 눈물로 시야가 흐리다.

내 인생 상대역으로 호흡을 맞춰준 이들의 손을 힘주어
잡고 싶지만, 여력이 없다.
마음이라도 잘 전달되길 바라며,
눈을 조금 더 크게 떠 본다.

"다 이루고 오늘도 곱네."
오늘도 나를 예쁘게 봐주는 내 편들,
부드러운 손수건으로 톡톡 눈물을 훔쳐 준다.

"엄마, 사랑해요. 덕분에 행복했어요."
나의 두 볼을 어루만져주는 큰아들의 손이 듬직하고 따스하다.
내 가슴에 얼굴을 묻고 숨죽여 흐느끼는
딸의 등에 힘내어 손을 얹어본다.
그런 내 손등을 부드럽게 잡아주는 작은아들의 손길에
많은 이야기가 숨어있음이 느껴진다.
이 순간, 한동안 맡아보지 못했던
베이비 파우더향이 나는 것 같다.

하고 싶은 일과 해야만 하는 일들을 왔다 갔다 하면서
열정적으로 살아온 내 삶.
늘 즐기려고 애쓴 나를 토닥여본다.

내 인생을 소중하게 생각한 나를
애정한다.

나의 모든 인연들이여!
그대들의 인생 마침표에도
감사함과 행복함이 묻어나길 바라보오.

 당신 인생의 마지막, 스스로에게 해주고 싶은 애정 메시지는
무엇인가요?

다시 만나자

아아, 왜 이러지?

숨이 가빠오고 온몸에 힘이 빠진다.

내 에너지가 소진되고 있다는 느낌이 든다.

내 생명의 끝을 알리는 신호라는 걸 직감으로 알았다.

주위에서 들리는 소리가 아득하다.

마치 물속에서 들리는 것처럼….

눈을 뜨고 싶은데 잘 떠지지 않는다.

"좋은 일 많이 하고 가시네."

"참 좋은 사람이었는데."

웅성웅성 발소리도 들리고 훌쩍거리는 소리,

크게 우는 소리도 들렸다.

어디선가 은은하게 라일락 향기가 퍼진다.

나도 라일락 향기처럼 진하고 아름다운 삶의

발자취를 남기고 싶었다.

누군가 내 손을 움켜쥔다. 남편이다.

손이 투박하고 까칠까칠해졌다.

"여보, 그동안 나 때문에 고생 많았어. 미안하고 고마워.

 나랑 살아줘서 고맙고 당신이 있어 행복했어."

내 볼을 비비는 남편 얼굴에는 뜨거운 눈물이 흘러내렸다.

내 슬픔을 슬퍼해 주는 사람이 아련한 눈빛으로

나를 바라보고 있다.

자신을 채찍질하며 잘 살아내기 위해 애썼던 성화야, 고생했다.

남편과 딸 둘이 행복하게 살았잖아.

현실에 안주하지 않고 열심히 뛰었지.

바르고 가치 있는 삶과 재능을 남기기 위해

후대에게 좋은 영향력을 끼쳤잖아.

그걸로 충분해.

최선을 다해 살아온 삶에 감사해.

늘 곁에서 든든하게 나를 지켜주는 남편과

아이들이 있어 행복했어.

특히 남편님! 내 잔소리 들으면서 짜증도 많이 났을 텐데

그래도 웃어줘서 고마워요.

퇴근 후 저녁마다 힘들 텐데 밥상 차려줘서 고마워요.

사랑하는 딸들! 내 가족으로 태어나 함께 살아줘서 고마워.

부족한 엄마를 잘 따라주고 사랑해줘서 고마워!

이 지구상에서 아름다운 삶을 살다 갈 수 있었던 건

너희들이 있었기 때문이야.

주님의 사랑이 너희 삶에 늘 넘치고 있단다.

자세히 보면 알 수 있어.

팔짱끼고 사는 삶이 아닌 가까이에서 자신의 삶을 살길 바라.

너희 원래의 태어난 소명대로!

인간은 죽을 수밖에 없는 존재란다.

죽음이 있기에 나를 돌아보고 살 수 있음에 감사한다.

너희 삶에 주어진 작은 것에도 늘 감사하며 아름답게 살아내자.

오늘이라는 찬란한 시간 앞에서 남은 너의 시간이 더 빛나길 바라.

사실 시간은 우리의 영원 안에 있잖아.

나는 원래 있었던 곳으로 다시 가는 거야. 내 본향으로!

그러니까 너무 슬퍼하지 말고 그곳에서 우리 환하게 웃으면서

다시 만나자.

당신은 죽음 앞에서 어떤 사람으로 기억되고 싶으신가요?

브라보 마이 라이프

호흡이 몇 번 남지 않았다.
들숨 한번 날숨 한번이 힘겹지만 평화롭다.
긴 여정의 끝이 왔구나!
나그네 같은 인생의 마지막 순간이다.

"엄마, 잘 키워주셔서 감사합니다."
큰아들이 귓가에 속삭인다.
"엄마, 사랑해요. 천국에서 다시 만나요."
둘째의 목소리가 떨린다.
"이 여사! 수고 많았어. 마음 편히 가."

남편이 흐느끼고 있다.

나와 우리 가족을 위로해 주기 위해 방문한 교회 지인들의 찬양 소리와 기도 소리가 이어진다. 열어 둔 창가로 아카시아 향이 그윽하다. 내가 제일 좋아하는 향기다. 아카시아 향을 맡을 때마다 행복했던 지난날이 떠오른다. 너무 덥지도 춥지도 않은 5월이구나. 바람은 따뜻한 햇살 냄새도 전해준다. 창문으로 쏟아지는 5월의 햇살이 찬란하다. 얼굴에 와 닿는 햇볕에 기분이 좋다. 꼬마 시절 봄날 외삼촌 품에서 느꼈던 기분 좋은 햇빛이 떠오른다.

브라보, 마이 라이프!
고생도 많았고 고민도 많았지. 내 나이 다섯 살에 돌아가신 아버지. 근심 걱정에 찌든 어린 시절. 고민 갈등 방황의 청춘. 속이 시끄러웠던 중년. 모두 치열하게 잘 지나왔네. 잘 버텼다. 못하면 어때! 파이팅 넘쳤던 오기들. 형편 어려운 사람들 그냥 못 지나쳤던 오지랖들. 무모해 보였던 도전들도 이루어냈잖아. 끝까지 포기하지 않고 이뤄냈잖아. 잘했어. 잘해냈어. 이은영!

사랑하고 사랑하는 내 가족!
내 가족으로 만나줘서 고마워. 덕분에 정말 행복했어.
내 어머니는 나를 멋지게 잘 키워주셨다.

남편은 나를 항상 인정해주고 끝까지 곁을 지켜줘서 든든했어.

아들들 덕분에 세상에서 가장 행복하고 때로는 가장 용감할 수

있었어.

사랑해.

내 삶은 감사와 행복과 사랑이었구나.

 당신의 죽음 앞에서 당신은 당신에게 어떤 말을 하게 될 것
같나요?

참 잘 살았네

몸과 마음, 모두 힘이 빠졌다.

편안한 상태가 되었다.

하얀 침대 위, 눈을 감고 있다.

"어머님, 원 없는 삶을 사신 당신을 존경합니다.

 저도 어머님처럼 잘 살겠습니다."

며느리 예진이의 목소리가 들렸다.

"엄마, 사랑합니다.

편안한 곳으로 잘 보내 드릴 수 있어서 감사합니다."

아들이 나의 손을 만지며 말하였다.

"엄마, 우리 엄마. 사랑하고 사랑해요.

나도 엄마처럼 잘 살게요."

나의 몸을 쓰다듬으며 안기는 딸의 목소리도 들렸다.

"장모님, 존경하고 사랑합니다. 고맙습니다.

효빈이랑 잘 살겠습니다."

대답할 수는 없지만 사위의 말에 감동했다.

눈물이 주르륵 났다.

가족들의 인향, 익숙하고 반갑다.

딸이 만든 향수 냄새도 났다.

죽어서도 기억하고픈 향이 내 몸과 마음에 스며들었다.

어엿하게 자란 손자, 손녀들의 손길도 느꼈다.

보드라운 손으로 내 손과 얼굴을 쓰다듬었다.

그래, 우리 아기들.

그래, 할미다.

나의 마지막을 지켜준 아들, 딸아, 고맙다.

이제 너희 남매들이 남았구나.

가족이라는 선물을 잘 받아 나누는 삶이 되기를 부탁한다.

유한한 삶, 값진 시간 만들어 가기를 부탁한다.

감사하며 사랑하며 용서하며 잘 살기를 당부한다.

정숙아, 참 잘 살았네.

가난하게 태어났지만 부자로 죽을 수 있음에 감사하단다.

어릴 때 노래처럼 말한 대로 생각한 대로 잘 살았지?

전국을 여행하고 전 세계를 여행하여

경험자산을 많이 쌓은 덕분에

아침마다 독서모임을 진행할 수 있었지.

100권의 책도 출판할 수 있었음에 칭찬한다.

책 읽고 글 쓰는 시간 틈틈이,

정원 가꾸며 농사지으며 맨발 걷기 하며

참으로 건강하게 잘 살았네.

죽는 날까지 가치있게 일하고 공부한

너의 삶은 축복 그 자체였단다.

정숙아, 참 잘 살았네.

참 잘 살았네.

 인생의 마지막 순간, 당신을 마음껏 축복하는 말을 써 볼까요?

천국에서 꼭 만나자!

편안하고 몽롱하다.

이보다 더 깊은 잠을 잘 수 있을까?

이제는 모든 인연과 이별할 때가 온 것 같다.

끊이지 않고 찬양이 들린다.

나를 평강으로 이끌던 아름다운 찬양들.

마치 이 세상이 나를 환송하고 천국에서 환영하는 소리로 들린다.

"엄마, 그동안 정말 애썼어요. 이제 천국에서 편안히 쉬세요."

울먹이는 아들의 목소리가 들린다.

이내 며느리가 내 귓가에서 속삭인다.

"오랫동안 저희 곁에 계셔 주셔서 정말 고맙고 감사했어요.
 사랑해요 어머님!"

아, 이 향기는….
성령의 임재를 느낄 때마다 코끝에 스치던,
알 수 없었던 그 향기가 온몸을 휘감는다.
어쩌면 이 향기는 태초부터 나와 함께 했던 건 아니었을까?

"할머니, 사랑해요."
"저희도 할머니처럼 하나님 잘 믿을게요!"
주안이와 세아가 나의 양손을 부여잡고 부드럽게 어루만지고 있
다. 이들의 나를 향한 사랑의 경쟁에 나는 늘 행복했었지. 어느
덧 장성한 사랑스러운 이 아이들에게 손을 내밀어 만질 수도 없
고 말할 수도 없지만, 희미한 미소로 화답해 준다.

내 영이 육체를 떠나는 그 순간, 나는 나의 몸에 무어라 말해줄까.
"그동안 잘 사용했단다. 소중하게 돌봐주어 정말 고마워."
스치듯 바라본 마지막 가을 하늘에 뭉게구름이 두둥실 떠 있다.
마치 내가 구름 위에 떠 있는 것 같다.

낯익은 목소리들이 들린다.

"당신은 우리에게 왔다 간 천사였어."

"넌, 정말 좋은 친구였어. 잘 가."

"이 세상에서 할 일 다 했으니 이제 하나님 곁으로 가서
 편히 쉬고 있어."

마지막 눈을 감을 때, 가족들에게 이 말만은 꼭 하고 싶다.

"애들아! 예수 잘 믿고 천국에서 꼭 만나자."

소중한 내 사람들,

우린 천국에서 다시 만날 것이다.

나의 죽음이 기쁠 수 있는 이유다.

 천국에서 다시 만나고픈 사람들 중, 세 명을 떠올려 보세요.
그들에게 오늘, 어떤 말을 해주고 싶나요?

고마운 존재가 되어주세요

갑자기 붕 떠오르는 나의 몸은 솜털처럼 가볍다.

어디론가 영원히 떠날 시간, 작별 인사를 해야 할 시간.

엄마 뱃속에서 빠져나온 그날처럼,

이젠 흙으로 육체는 돌아가고,

영혼은 하나님 나라로 가야 할 그날이 왔다.

"고디(고마워 디자이너)님,

　그동안 의미와 가치를 담아 나누었던 삶. 정말 대단했어요."

"평생 우리에게 전해주었던 '고마워'

　말 한마디로 많은 사람을 살려주었던 분."

웃고 울며 동행했던 분들이 소곤소곤 대화를 나누고 있다.
마지막 순간에 그들이 내게 들려주는 그 말들을
영원히 안고 가련다.
따뜻한 사랑이 담긴 이야기가
마지막 순간에 용기를 주고 있구나!

막 세수를 하고 나온 그의 얼굴엔 비누향기가 가득하다.
매일 아침 출근할 때마다 풍겨져 나온 익숙한 그의 체취.
이젠 그 비누와 화장품 향기를 더 이상 맡을 수 없겠지.
현관문에서 따뜻한 포옹으로 내게 전해져 왔던
그의 향기가 그립다.

온화하고 따뜻한 손길로 나의 얼굴을 감싸 안은
가멋남(가장 멋진 남자)의 모습.
한동안 말없이 그윽한 눈빛으로 마주하며
가멋남의 따뜻한 입술이 마지막으로 내게 느껴지는 순간,
눈물이 주르륵 흘러 내린다.

참으로 고마웠다.
참으로 애써왔다.
참으로 고생했다.

연년생 삼 남매를 키우며 열심히 살아내느라 수 없이
몸부림쳤던 나날들.
나를 사랑하지 못해서 힘들었던 순간에
감사일기로 성장했던 나.
'고마워' 말 한마디로 가족을 변화시키고,
나를 필요로 하는 사람들에게 '고마워' 말 한마디를 전했던 나.
하나님이 주신 달란트 '사랑'과 '감사'로 나눔 했던 나.
사랑한다 덕분아.
고마웠다 덕분아.

사랑하는 여보.
민지, 예민, 혜지야.
그리고 함께했던 모든 사람에게 부탁해요.
이 세상에 살아있는 동안 누군가에게 고마운 존재가 되어주세요.
자신과 가족에게 "고마워." 말 한마디로 서로 사랑하세요.

 지금 당장 "고마워."라고 말을 건네고 싶은 사람은 누구인가요?
이유는요?

천천히 알게 된 뜨거운 사랑

내 몸의 세포, 혈관, 근육, 피부들이 아주 천천히 움직인다. 침대에서 일어날 수 없지만 눈은 희미하게 뜰 수 있다. 주변 소리들이 작게 들린다. 들숨과 날숨의 호흡을 천천히 반복한다. 빠르고 바쁘게만 세상을 살 때는 죄만 지었다. 너무 늦게 깨달았다. 그리고 하나님을 만났다. 변화된 삶을 살았다. 지금 천천히, 그 시간들이 스쳐 지나간다.

"이렇게 누워 있는데 엄마 얼굴이 편해 보인다."
"해야 할 일을 즐겁게 했잖아요. 많은 아이들 키우느라 애쓰셨는데 그래도 행복해하셨어요."

행복, 즐거움에 대한 이야기를 나누고 있다. 내 얼굴이 편해 보인다니 마음이 가볍고 기쁘다. 세상에 처음 태어났을 때 부모님이 나를 보고 행복하고 즐거워하셨을 테다. 숨이 멈추고 몸은 흩어지겠지만 내 영은 하늘나라에서 다시 태어날 것이다. 또 다른 행복과 즐거움이 기다리고 있다.

믹스커피 향과 하은이가 좋아하는 소금 빵 향이 난다. 바삐 일을 하면서 아침과 아이들 낮잠 시간에 마셨던 믹스커피는 코로 마시는지 입으로 마시는지 몰랐다. 그 향을 천천히 맡을 수 있어 감사하다. 막내딸 하은이가 어릴 적 저녁예배를 갈 때면 소금 빵을 봉지에 담아 갔다. 예배시간 내 옆자리에 앉아 조금씩 소금 빵을 뜯어 먹었다. 소금 빵 위에 조금 붙어있던 소금은 아껴 먹었던 기억이 난다. 그리고 시골에서 받아온 용돈 만 원과 천 원을 더해 헌금으로 드렸던 모습이 생각난다. 값없이 드리는 그 믿음을 그때 배웠다.

남편이 살포시 내 손을 잡는다. 어깨에 양손을 넣고 가슴과 가슴을 포갠다. 내 오른쪽 볼과 남편의 오른쪽 볼이 맞닿는다. 가슴이 뜨거워지고 눈시울이 붉어지면서 나도 모르게 눈물이 흐른다. 내 볼에 남편의 눈물이 떨어진다. 따뜻한 눈물이 말할 수 없는 위로와 사랑을 느끼게 한다.

눈물이 흐르는 사이로 아이들의 얼굴이 희미하게 보인다. 멋지게 자란 사랑 아들, 어여쁘게 자란 기쁨 큰딸, 엄마의 사역지를 이어서 돌보아 줄 보배 막내딸. 아이들이 있어 살아왔다. 엄마는 그저 사랑인 것을 느낀다. 그 마음이 나를 지으신 하나님의 마음인 것을 깨달으면서 사랑의 마음이 더 커졌다. 사역지에서 만난 많은 아이들과 하나님의 사랑을 나눌 수 있어 감사하다. 연결되는 사랑의 마음이 나의 아이들을 보며 스쳐 지나간다.

'넌 정말 멋져.'
내가 좋아하는 그림책 제목이면서 동시에 내가 듣고 싶은 말이다. 부모님께 인정받는 말을 거의 듣지 못했다. 나 스스로도 인정하는 말에 인색했다. 더, 더, 더 열심히. 더, 더, 더 잘. 더, 더, 더, 라는 말의 한계가 없었다.

이제 인생의 마지막이다.
칭찬과 격려, 인정을 아끼지 말자.
"정선아! 넌 정말 멋져."

나의 사랑, 나의 기쁨, 나의 보배야, 고마워.
다시 만나는 날까지 너희 꿈과 비전이 이 세상에 빛이 되길 기도할게.

사랑해.

그리고 축복해.

 당신의 묘비에 새기고 싶은 한 문장은 무엇인가요?

마지막 순간에

창밖 계절이 아쉽다.

낯선 들숨과 날숨에 마지막 순간이 왔음을 느낀다.

"태어나 모든 순간이 기쁨이었고 행복이었어요."

"늘 함께해 줘서 고마워요."

"사랑해요 엄마."

작은 떨림과 흐느낌.

세상 가장 따스한 목소리.

부드러운 살결의 손이 내 손등을 타고 올라와 이내

얼굴을 비빈다.

시선은 뿌옇게 흐려지지만 추억은 선명해진다.

아카시아 향이 퍼진다.

하얀 꽃이 흐드러지게 피어나면 은은한 향기가 사방에 날렸다.

대문 앞 그늘 아래 아빠가 엮어준 고무줄 그네.

내 차례가 빨리 오길 바라며 언니 등을 힘껏 밀던 나.

두 살 남동생을 등에 업고 엄마 아빠를 기다리던 아홉 살의 나.

엄마의 필름 카메라를 향해 네 명의 아이들이 활짝 웃는다.

철없이 해맑기만 했던 유년시절이 그림처럼 지나간다.

엄마가 되어 매일 밤 곤히 잠든 아이 손을 잡고 얼굴을 비비며
사랑한다 말했다.

화창한 봄날, 꽃비를 잡으려 요리조리 뛰어다니는 아이의 모습.

어버이날 감사편지를 써서 건네던 수줍은 아이의 얼굴.

캠핑장에서 별을 보며 감탄하던 그 밤.

가족들과 함께 웃고 있는 나.

효원아, 세월 참 짧았지?

아쉬운 세월 다 지나가고 나만 남았네.

후회 없이 살겠다, 다짐하고 그간 참 고생 많았다.

이제 편히 쉬어도 되는 날이 왔네.

잘 살아왔고 잘 살아냈다.

나에게 참으로 고맙다.

마지막 가족들에게 전하는 메시지를 적어본다.
사랑하는 남편 대화 씨,
억겁의 인연으로 이번 생을 함께해 준 당신, 감사합니다.
당신을 만나 가장 큰 행운과 축복을 만났습니다.
삶의 힘든 순간마다 늘 곁에서 지켜준 당신 덕분에 살아갈 힘을
얻었습니다.
진심으로 사랑했고 또 사랑했습니다.

하늘이 내려주신 나의 행운 지민아.
너를 처음 품에 안던 날 네가 환하게 웃던 날.
모든 것이 완벽하고 온전하며 완전했어.
네가 바로 그 존재였단다.
엄마 곁에 와줘서 꿈같은 행복을 주었던 너에게 고맙다.
내 사랑.
엄마는 충분히 멋지고 행복한 삶을 살았다는 것에
기쁘고 감사하단다.
삶의 충만함을 다른 사람들에게 기꺼이 나누며 살길
너희에게 바라본다.

영원한 나의 축복 승민아.

사랑 넘치는 아이로 와줘서 함께 한 모든 순간이 축복이었단다.

따뜻한 말로 늘 엄마의 마음을 녹여주던 아이.

네 존재로 우리 가족의 삶이 풍요와 충만함으로 빛났다는 걸

꼭 기억해라.

넌 이미 충분하단다.

사랑한다. 내 아기.

미래의 어느 날, 마지막 순간에

 당신의 마지막 순간, 누구에게 어떤 마음이 담긴 편지를 쓰고
싶나요?

오래도록 느끼고 싶다

삶의 마지막 순간이 다가오고 있음을 기운으로 예감했다. 처음 느끼는 생각과 감정, 그리고 몸의 변화. 시간이 멈춘 듯한 상태에 빠졌다. 자꾸만 졸음이 밀려온다. 여러 가지 생각이 어지럽게 떠돌았지만, 몸은 점점 가벼워졌다. 이것이 마지막 순간임을 알기에 눈물이 하염없이 흐른다.

생각과 몸의 변화가 서서히 소멸해가는 과정은 마치 어두운 밤하늘에 별이 소멸되는 것과 같다는 생각이 든다. 안정과 평온을 느끼며 세상을 떠나가리라 다짐해 본다. 죽음은 나에게 있어 가장 큰 두려움이었다. 하지만 이제는 그 두려움을 당당히 마주하려 한다.

똑딱똑딱.

시계 소리가 동굴 속 울림처럼 크게 들린다. 남편과 아이들의
목소리도 그러하다.

"엄마, 조금만 더 우리 곁에 있어줘."

"엄마, 사랑해."

"엄마가 우리 엄마라서 고마웠어."

아이들이 슬픔을 눈에 담고 말한다.

뒤이어 따스한 남편의 목소리도 들려온다.

"선희가 있어 행복했어."

점점 사그라지는 가족들의 목소리와 마음을 잡으려 나는 마지막
힘을 다해 본다.

봄에 태어난 나는 목련 꽃을 좋아했다. 활짝 핀 목련 꽃이 봄바
람에 코끝을 간지럽히면 그렇게 좋을 수 없었다. 그 향기가 지
금 이 공간을 가득 채우고 있다. 목련 꽃향기는 나의 탄생과 죽
음을 축복해 주는 듯하다.

목련의 꽃말은 고귀함이다. 나도 고귀하게 살고 싶었는지 모른
다. 조금의 아쉬움이 남는 이 순간이다. 자연과의 조화를 위해
평온함으로 눈을 감아 본다.

남편 무릎에 머리를 대고 누웠다. 토닥토닥 나의 등을 쓰다듬는

남편의 손길이 부드러운 솜털처럼 느껴졌다. 마지막으로 느끼는 따스함이라는 것을 직감했다. 오래도록 느끼고 싶다.

내가 어찌할 수 없었던 어린 시절의 슬픔들을 그냥 슬픔으로만 받아들이고 싶지 않다. 나 자신을 찾고 위로하면서 성장을 위해 애썼음을 인정해 주고 싶다. 잘 살았다고 말해 주고 싶다.

'너는 소중하고 가치 있는 존재였어. 네가 이룬 모든 것은 놀라울 정도로 위대해. 이제 마음 놓고 편히 쉬어. 너의 힘든 여정이 마침내 종착점을 찾았으니까.'

하나님, 이제 저를 받아들이고, 제 영혼을 평화롭게 이끌어 주세요. 제 가족과 사랑하는 이들에게 위로와 힘을 주시고, 저의 떠남을 안타깝게 여기지 않도록 해주세요.

제 가슴 깊은 곳에서 하나님의 사랑을 느낍니다. 저를 보호하신 하나님, 저의 영혼을 편안하게 해 주시고, 인도하여 주셔서 감사합니다.

생의 마지막을 감사할 수 있어 감사합니다.

 당신 인생의 마지막 순간, 어떤 기도를 드리게 될 것 같나요?

권경애

과거의 나에게.
무엇이 그리 두려웠을까?
무엇이 그렇게 힘들고 불안했었니?
그 마음을 알아주지 못해서 미안해.

현재의 나에게.
아직 안개 속에 있는 것처럼 느껴지겠지만
너의 안개는 곧 걷힐 거야.
느껴봐.

미래의 나에게.
드디어 네가 나에게 왔구나!
손에 잡히지 않을 것만 같았는데 멈추지 않은 보람이 있었어.
넌 드디어 너를 만난거야.
너의 자유는 언제나 너의 것이었어.
사랑해.

길경자

과거의 나에게.
경자야, 넌 참 특별하고 귀한 아이란다.
많이 사랑해 주지 못해서 미안해.
앞으로 더 많이 사랑해 줄게.

현재의 나에게.
너의 오늘을 응원할게.
이미 충분히 잘하고 있고 이 소중한 시간이 쌓이면서
더 멋져지고 있어.
넌 최고야!

미래의 나에게.
이렇게 멋진 어른이 되어 큰 책임감으로
삶과 사람을 돌아보는 모습이 대견하구나!
나이가 들수록 매력과 사랑, 감사와 용기로
충만한 모습이 아름다워!

김미옥

과거의 나에게.
잘했어. 수고했어.
너의 선택은 옳았고, 너의 수고는 헛되지 않았다.
힘든 시간을 밝은 마음으로 감당했던 네가 자랑스러워.

현재의 나에게.
괜찮아, 천천히 해도 돼.
나의 삶을 돌아보고 앞으로 나아갈 준비를 하는 시간.
자신의 길을 잘 찾을 거야.
너를 믿어!

미래의 나에게.
네가 원하는 행복 속에서 미소짓는 너!
충만해졌구나!

김민경

과거의 나에게.
많이 외롭고 힘들었지?

그 시간들을 지나온 너를 안아주고 싶어.

현재의 나에게.
생각만 하기 보다는 시도해 봐.
하다보면 알게 되고 길들이 보일거야.
네 안에 이미 그 일들을 할 능력이 충분히 있어.

미래의 나에게.
그래! 넌 해낼 줄 알았어.
그토록 바라던 모습을 이렇게 이루었구나.
눈이 부시도록 아름답다.

김민주

과거의 나에게.
많이 힘들었지?
잘 견뎌줘서 고마워.

현재의 나에게.
민주야, 지금도 충분해.
이제는 즐기면서 살아.

미래의 나에게.
너는 해낼 줄 알았어.
내 인생의 등대지기로 멋지게 살아줘서 기특해.

김수지

과거의 나에게.
미래에 대한 설렘과 넓은 세상에 대한 갈망으로 꿈을 키워온
어린 꼬맹이,
꿈을 잃지 않고 너답게 잘 커줘서 고마워.

현재의 나에게.
이 순간, 여기에서 내게 주어진 것에 최선을 다하고 있는
지금의 나를 진심으로 응원해.

미래의 나에게.
그 어느 때보다 맑은 내면으로 세상을 바르게 볼 줄 아는 모습!
정말 내가 원하던 어른의 모습이 되었구나.

김이루

과거의 나에게.
항상 과제물을 제출일 하루 전에 끝내던 날이 많았지?
계속 미뤄서 미안해.
하지만 다른 재밌는 것들이 많은 걸.

현재의 나에게.
아직도 과제물을 미루고 있는 나야,
언제까지 미룰 거니?
언제쯤이면 시간에 쫓기지 않고 과제를 할거니?
이러다가 소설 쓰는 일도 미루게 될 거 같아 걱정 돼.

미래의 나에게.
미래의 나는 뭘 하고 있을까.
힘든 사회를 살아가면서도
내가 원하는 소설을 쓰며 살고 있었으면 좋겠어.
물론 먹고 살 정도로는 벌고 있으면 해.

김정진

과거의 나에게.
정진아, 바르고 참된 사람 되라고
아버지가 지어주신 이름 그대로
착하고 반듯하게 자라는 네 모습이
정말 자랑스러워.
넌 멋진 사람이 될 거야.

현재의 나에게.
넌 지금이 최고야!
그 어느 때보다 여유롭고 강건해.
너의 오늘은 여전히 꿈 꿀 수 있어 기뻐.
너의 오늘에 힘찬 응원을 보낼게.

미래의 나에게.
그동안 수고 많았어.
가정을 행복하게 지켜내고
사명을 다하며 달려온 길이
참되고 발랐으니
착하고 충성된 종이라 칭찬받을 줄 믿어.

김정화

추운 겨울 밤하늘을 보며
나는 이 세상에 왜 태어났을까 고민하던 과거의 나에게,
너의 그 모든 시간이 결국엔 네 삶의
밑거름이 될 거라고 말해주고 싶어.

여전히 삶은 녹록치 않지만
늘 긍정적인 마음으로 자기의 삶에서
100% 책임지려는 현재의 나에게,
나는 정말 든든한 네 편이라고 말해주고 싶어.
잘 살고 있어!

원하는 모든 것을 이룬 미래의 나에게,
온 마음을 다해 정성껏 잘 살아온 당연한 결과라고
축하해주고 싶어.
넌 이 모든 것을 누릴 자격이 충분해.
난 네가 해낼 줄 알았다니까!

백미정

과거의 나에게.
미정아, 얼마나 외롭고 힘들었니?
이제야 너를 돌아보아 미안해.

현재의 나에게.
어여쁜 미정아, 참으로 열심히 살고 있구나.
네가 느끼고 있는 평온과 감사가 곧 열매 맺게 될 거야.

미래의 나에게.
역시! 해낼 줄 알았어!
10개의 교회를 세우고 펜션같이 아름다운 교회에서
사랑하는 사람들과 행복한 하루하루를 만들어 가고 있는 모습,
감동적이야.
기뻐하시는 하나님의 마음이 전해져 오는구나.

송지은

과거의 나에게.
정답을 찾아 헤맸던 시간.

불안 속에서 열심히 사느라 고생 많았어.
미안하고 고마워.

현재의 나에게.
미래의 나와 연결된 지은아,
외부의 인정이나 시선보다
'나'에게 집중해 줘서 고마워.

미래의 나에게.
사람들과 자유·사랑을 나누며 풍요로운 지은아.
기쁨으로 충만한 네 삶을 축복해.
내 길의 이정표가 되어주어 고마워.

유명순

과거의 나에게.
꽃꽂이를 내려놓지 못하고 울었으나 말씀과 접목하니 감사하다.
영혼을 사랑하며 사역으로 섬겼던 너를 안아주마.

현재의 나에게.
하나님의 자녀로, 주님을 전하는 자로

성실하게 살아가니 고맙다.

미래의 나에게.
"네 마음을 지키라."
영혼을 살리는 데 선한 도구로 쓰임 받을 것이니 감사하다.

유선아

과거의 나에게.
너를 귀하게 여기지 못하고 살아서 미안해.

현재의 나에게.
너의 모습을 찾아가고 다듬는 지금의 모습이 너무 예뻐.

미래의 나에게.
원석을 128면으로 깎아 내어 눈부시게 반짝이는
다이아몬드 같은 너!

이성화

과거의 나에게.
무엇이든 될 거라고 믿었던
세상이 무섭지 않았던 지난날!

현재의 나에게.
그 무엇이 될 수도 있고 안 될 수도 있다는 걸 알아버린 지금!

미래의 나에게.
무엇이 되든 안 되든
세상을 즐길 줄 아는 자유로운 영혼!

이은영

과거의 나에게.
책을 좋아하고 시를 사랑한 문학 소녀였지.
역경에 맞서는 힘도 책에서 배웠잖아.

현재의 나에게.
뭐가 그리 바쁜지, 늘 뛰어 다니는 요즘이야.

가끔씩 밥도 못 먹고 일하다니 안쓰러워.
그렇게 좋아하는 운동 대신 병원치료를 받고 있지만 감사해.

미래의 나에게.
황혼에도 멋지고 근사한 모습이네.
여전히 베풀고 나누는 삶이구나.

이정숙

과거의 나에게.
정숙아, 참 잘 살아 왔구나.
책 읽으며 글쓰며 치유 받으며
그때 그때를 잘 살아 왔음에 칭찬한다.

현재의 나에게.
언제나처럼 꿈을 그리고 목표에 올인하는 니가 참 좋다.
목표를 반드시 이루는 너를 참 좋아하고 신뢰한다.

미래의 나에게.
건강하게 짱짱하게 살아갈 정숙아.
그날을 위하여 오늘도 헬스장에서 땀 흘리고 뛰었지?
너의 미래가 눈부시구나!

전숙향

과거의 나에게.
과거에 전혀 미련 두지 말자.
추억은 언제나 아름다운 거야.

현재의 나에게.
그래, 그렇게 잘 살아가고 있으면 돼!
열심을 다 하고 있는 너를 늘 응원할게!

미래의 나에게
숙향아, 정말 잘 해냈구나.
넌, 세상을 이겨낸
행복한 사람이야!

최덕분

과거의 나에게.
덕분아, 얼마나 많이 아프고 힘들었니?
아파했던 너를 바라보며, 토닥토닥.

현재의 나에게.
사랑하는 덕분아, 참으로 애쓰고 있구나!
1인 기업 멘토로, 1인 기업 여성리더로,
감사하고 먼저 주는 삶으로 나눔하는
너의 모습이 참으로 대견하구나!
지금처럼 기쁜 마음으로 의미와 사랑을 담아 애쓰는
너를 축복하련다.

미래의 나에게.
가장 멋진 덕분아!
고마움과 사랑의 씨앗으로 빛나는 얼굴.
풍요로운 축복을 누리며
환한 미소가 온화하고 매력적으로 보이는 너.
살아있다는 이유만으로도 너를 축복하련다.

최정선

과거의 나에게.
정선아! 정말 힘들었지?
그런 너를 도와주지 못해 미안해.

현재의 나에게.

정선아! 정말 애쓰고 있구나.

분명 열매가 맺힐 거야.

미래의 나에게.

정선아! 넌 정말 멋져.

소명을 이루고 그렇게 살고 있는 너는

정말 행복해 보여.

한효원

과거의 나에게.

무기력하게 지내온 시간,

너를 모른 척 내버려둬서 미안했어.

용서해 주겠니?

현재의 나에게.

가능성의 삶을 살고 있는 널 믿는다.

항상 응원할게.

미래의 나에게.

역시, 이루었구나.
참 잘 살아왔다.
100년 후 기억될 나로
지금을 살아가자. 효원아!

황선희

과거의 나에게.
작고 힘없고 여리지만 그 속에서도 꺾이지 않고
잘 견뎌준 거, 인정해.

현재의 나에게.
잘 살아왔어.
잘 될 거고 잘 살아야 마땅해.

미래의 나에게.
목표가 있는 나의 미래!
그래서 더 기대가 돼.
오늘도 내가 해야 하는 일들을 묵묵히 하며
점 하나를 찍고 힘차게 나아가 보자.